GOBOOKS
& SITAK
GROUP©

GOBOOKS & SITAK GROUP©

三日月書版

三日月書版

探問禁止
主唱大人★祕密兼差中
3
尉遲小律 著
ひのた 繪
輕世代
FW262
三日月書版

探問禁止
主唱大人★祕密兼差中
Are you ready for the party?

Contents

ARE YOU READY
FOR THE PARTY

CHARACTER
Profile

冰山度：★★★★★／歐陽子奇

穆丞海的青梅竹馬兼搭檔，優雅腹黑貴公子一枚，專長是作曲＆欺負搭檔，體質容易鬼上身。

基本資料

身高：１８１公分　　體重：６４公斤
生日：９／２０　　血型：A型
喜歡的東西：音樂創作
討厭的東西：被打擾

♪座右銘

既然要做，就要傾盡全力做到最完美。

每一個欺負海的機會，
我都不想放過。

ARE YOU READY FOR THE PARTY?

CHARACTER Profile

穆丞海／熱血度：★★★★★

俊美風流的天然呆，唱功一百、演技零分的人氣偶像。卡到陰與拍電影的初體驗一同發生。

基本資料	身高：１７５公分	體重：６０公斤
	生日：４／１５	血型：O型
	喜歡的東西：戶外活動、小朋友	
	討厭的東西：睡不飽、肚子餓	

♪座右銘

認真思考什麼的實在是太麻煩了！人生不過短短幾十年，問心無愧，快樂生活最重要。

但是欺負我可以，絕、對、不、能說子奇的壞話唷！

Chapter 0

這就是主場氣勢

瘋音樂，音樂瘋，繼續陪您度過愉快的週末假期！

剛剛聽完第六名到第三名的歌曲，各位觀眾朋友支持的歌手有沒有在榜上呢？接下來，我們要揭曉本週暢銷歌曲排行榜的第二名！

本週第二名，累計進榜六週，上週同樣是第二名的蔣炎勛《晴天的眼淚》專輯主打歌〈晴天娃娃〉。

沒錯，真的有點可惜，蔣炎勛這張專輯的累積銷售量整整高出其他歌手一大截，破了他個人的唱片銷售紀錄，但專輯上市後，卻只拿下第二名的成績，讓支持蔣炎勛的歌迷有一點點遺憾……

好啦！廢話不多說，讓我們一起來聽歌吧！

MV播畢，進入廣告畫面。

銀翼金曲獎十五項入圍，囊括最佳團體、最佳男演唱等十三項大獎，入口網站年度搜尋第一名，專輯累積銷售突破百萬的超人氣男子團體MAX——首場大型售票演唱會《亦敵亦友》，由音樂才子歐陽子奇親自監製，耗資億元，今年唯一一場，跨年壓軸鉅獻！

十二月三十一日，日道體育館，與十萬人共同迎接新年的第一秒鐘！

恆亞售票系統，十月二十六日中午十二點，熱情開賣！

電視畫面回到「音樂瘋」節目。

歡迎回到瘋音樂，終於來到揭曉本週冠軍的時刻了！不過，相信各位觀眾朋友們在看到第二名後，就猜到冠軍是誰了吧！

沒錯，本週暢銷歌曲排行榜的冠軍，就是進榜六週，從第一週開始到現在持續穩坐冠軍寶座的MAX《朋友．敵人》專輯同名歌曲〈朋友．敵人〉！

除了專輯大賣，也恭喜MAX即將在日道體育館舉辦首場售票演唱會囉！上一段的廣告中大家也看到相關訊息了吧？雖然離門票開賣時間還有一個多月，相信很多歌迷朋友早已摩拳擦掌，準備一開賣就上網搶購。

提到《朋友．敵人》這張專輯，忍不住就想拿來和《晴天的眼淚》做比較。其實，一開始兩張專輯的預購量不相上下，但專輯發行後，MAX的氣勢相當驚人，在歌迷力挺下，銷售屢破紀錄。

接下來，就來聽聽MAX第三波抒情主打歌曲〈強顏歡笑〉吧！

MV播放到一半突然被卡斷，進入新聞畫面。

為您插播一則快訊。

數小時前，於信義路口發生一起嚴重死亡車禍，警方調查後，證實死者為風華唱片的歌手徐立展。

徐立展在歌壇向來有「歌神」及「創作才子」的稱號，生涯專輯累積銷售破千萬張，至今無人能突破，更曾蟬聯六屆銀翼金曲獎的最佳男演唱，直到四年前才由他的外甥蔣炎勛接過獎盃……

「奇怪，電視怎麼開著？」睡眼惺忪地從房間裡走出，穆丞海拿起遙控器，按下電源開關，將停在音樂頻道的電視關掉。

客廳空無一人，是誰忘記關電視啊？跟他一起住的只有子奇……不過，子奇一早就到公司去了，而且除非他累到看電視看到睡著，否則根本不可能忘記關電視，這麼一想，罪魁禍首應該是常來他家看連續劇的豔青姐了。

走到門口附近的全身鏡前，穆丞海拿起放在置物櫃上的髮蠟，旋開蓋子挖出一小坨，抹在雙手上，開始整理起頭髮。

為了第二張專輯的造型，他刻意把頭髮留長了些，大約到肩膀，剛好是最難整理的長度，髮尾處特地打薄突顯層次，讓他從原本的陽光型男變成帶點陰鬱氣質的優雅公子。

整體來說，髮型配上他的五官很合適，只是髮尾容易亂翹，出門前要多花點時間抓造型。

每到整理頭髮的時候，穆丞海就特別羨慕子奇。他這次造型的髮長到背部，超級好梳理，造型又多變，可以飄逸帥氣，也可以頹廢高貴，就算隨便拿條繩子綁著，也是率性好看。

他也好想像子奇那樣，不用抓頭髮就可以直接出門喔。

其實，今天不用跑通告，也沒有宣傳活動，唯一行程就是進公司開會，他只要隨便套頂毛帽，再戴上墨鏡偽裝一下，就可以出門了。但想到現在正值專輯宣傳期，被認出來的機率比以前大得多，萬一遇到歌迷上前要簽名，或被記者偷拍就麻煩了。

雖然子奇說過，他們已經沒有偶像包袱了，不需要那麼注意外在形象，但想到自己不修邊幅的模樣被刊登在報章雜誌上，他不確定子奇會不會輕易放過他。

與其賭子奇會不會動怒，他寧可多費點心思，老老實實地整理好再出門。

此時，客廳電視再度被打開，停留在雪花畫面，並發出沙沙聲響，聲音不大，但在靜謐的空間中格外明顯，穆丞海就算想裝作沒發現都難，他身體微微一僵，警覺心升起。

無人的客廳，電視自動打開，通常只代表一件事……

透過全身鏡的反射，他隱約瞥見身後有個奇怪的影子，出現在正常人類不該出現的地方。他鼓起勇氣將雙眼的焦距放遠，落在天花板與牆壁的交界處，清楚看見半截身體穿牆而出，頭和雙手無力地低垂著，長髮被空調出風口的風吹得一擺一盪，像是某種掛在牆上的標本。

首先，不管是他或子奇都沒有蒐集標本的習慣，就算心血來潮想弄一個，也不會找這種穿著旗袍的人形標本……還、還會突然抬起頭，朝他揮手的……

穆丞海見狀，毫不多想，馬上放聲大叫！

「豔青姐，救命啊——」

如殺豬般的淒厲喊叫響徹雲霄，聲音之大，要不是房子的隔音不錯，恐怕連鄰居都會衝進來關心。

「叫魂啊！」

回應他的，是一道慵懶的聲音，隱約透著被打擾而激發的怒氣，但從被叫喚後馬上就趕來客廳的舉動看來，對方還是相當關心穆丞海的。

「有鬼！」穆丞海指著牆壁上方的鬼魂，仗著有豔青姐在，毫不忌憚讓對方知道他看得見鬼魂這件事。

標準的狐假虎威耶！平時獨自見鬼時怎就沒這麼帶種？林豔青沒好氣地將穆丞海的舉動看在眼裡。

接著，她眸光一轉，瞪向牆上鬼魂。

「哪來的白目這麼不長眼？也不先打聽看看，這裡是誰罩的。」不屑地輕哼一聲，林豔青緩緩吸了口氣，然後大吼，「這裡的電視只有我能看，滾——」

媲美獅子吼的大喝迴盪在空間中，震耳欲聾，嚇得牆上的鬼魂面露驚恐，一溜煙就不見蹤影。

穆丞海摀住耳朵，表情明顯放鬆下來。

就說嘛，有豔青姐在，就像在家裡放了八卦鏡或貼符咒一樣，比驅鬼的道士還好用，不過……豔青姐生氣的點只是因為對方占了她的電視嗎？

穆丞海當然不敢在這個時候問明白，無端討罵，他換上一副感激流涕的表情，上前就要給豔青姐一個擁抱，「豔青姐……」

還沒抱到，一把木製扇子扎扎實實地敲在頭上，痛得他抱頭蹲下，眼眶泛淚。

「豔青姐，妳越來越暴力了！」穆丞海委屈地指控道。

「你的反應也越來越慢了。」林豔青俐落地攤開扇子，有一下沒一下地搧著，舉手投足間盡是貴婦般的從容優雅，「警覺性這麼差，當心在演藝圈裡怎麼被弄死的都不知道。」

「再給我一次機會，這次保證閃得過！」穆丞海站起身，信誓旦旦地說。

「哼。」事先知情還閃不過，那他真的要好好檢討了！而且，如果穆丞海閃過攻擊，不就換成她揮空了嗎？光想就覺得很蠢，她才不幹呢。「如果遲到沒關係，你可以繼續玩。」

穆丞海看了看表，發現再不出發真的會遲到後，露出十分惋惜的表情，拿起鑰匙往門口走去。

「好啦，我出門了。」推開大門，穆丞海驀地停下腳步，轉頭露出一個超痞的笑容，「豔青姐，要好好顧家，別再讓其他鬼魂闖進來囉！」

「囉唆！」這次，被林豔青丟出去的木扇，只來得及打在關起的門板上頭，發出清脆聲響。

Chapter 1

死去的歌神與向死人致敬的歌曲

MAX的影響力有多大？從城市街景就能瞧出端倪。

走在街上，商家播放的音樂大多是MAX專輯裡的歌曲，偶爾出現其他歌手的曲子，也非常輕易地就淹沒在歐陽子奇與穆丞海的歌聲裡。

就連年輕人的穿著打扮，也有極大的變化。

煙燻眼影，暗色系唇膏，靴子、軍用外套或是強調腰身的皮衣緊身褲紛紛出籠，身上還會掛上一條樣式極為複雜華麗的鍊子。

鍊子戴法各有巧妙，有的單純戴在脖子上，有的從左肩斜掛至右腰側，有的更誇張，前胸後背都是鍊子，或長度幾乎垂至地面。在鍊子上頭，大家會依個人喜好，別上一隻手掌大小的玩偶。

這些被視為目前最流行的元素，都是受到MAX第二張專輯的影響。

以往只在PUB、夜店或是某些特定場所才看到的裝扮，大量湧入城市街頭。

這樣的改變並沒有帶來亂象，相反的，會做這樣打扮的年輕人都很守秩序，他們不會在公共場合抽菸、鬼吼鬼叫，甚至在聚集時，也散發出平靜的氣息，形成奇特景象。

就連那些在流行之前就如此裝扮、滿口髒話且到處破壞的人，也在同儕和環境氛圍的影響下，改變了「這樣穿就等於要做出叛逆行為」的態度。

這樣的現象，其實是因為市政府製作了一則推廣禮節運動的廣告。

廣告不長，內容由三個片段組成，分別是一身酷帥頹廢裝扮的穆丞海，在滿是人潮的捷運月臺，守規矩地排隊等候；在捷運車廂內讓座給牽著小孩的孕婦；幫行動不方便的老婆婆提東西，提醒周圍民眾注意，不要撞到老人家。

最後在廣告末尾打上推廣禮節的標語。

一般情況下，用這種特地營造出來的反差向青少年推廣禮節，不僅不會被接納，還會造成反感。但廣告播出後之所以會成功，是因為那些內容不是刻意演出來，而是真真實實發生過的事。

專輯發行前，某天穆丞海拍攝完宣傳照，因為趕時間，整身裝扮還沒換下，就獨自駕車前往下一個通告地點，結果車子在半路沒油熄火，他緊急聯絡經紀人楊祺詳幫忙處理。

由於車子就停在捷運站前面，身上又只剩零錢，擔心遲到，穆丞海當下便決定改搭捷運。

他本以為化妝化成這樣，和第一張專輯的風格差異極大，絕對不會有人認出來是他。

結果，他從進到捷運站那一刻起，一直到抵達工作地點，全程都被歌迷用手機拍攝下來傳到網路上，引起瘋狂點閱與轉載。

市政府只是搭著新專輯的順風車，在經紀公司的同意下將網路上的影片剪輯，再把穆丞海的行為和禮節運動做連結而已，能夠收到成效，他們也始料未及。

許多年輕人覺得這種反差實在太酷了！爭相化著以前大人所謂的「死人妝」，穿著全身黑，將他們在海邊撿垃圾淨灘、拿著清潔工具跟愛心媽媽一起打掃社區、與獨居老人共同用餐等等的影片放到網路上。

叛逆與墮落，變成一種外型打扮上的風格，而不是破壞與負面的個性。

最大的引爆點，則是一群老爺爺與老奶奶被穆丞海敬老的形象感動，自發性地打扮成這種風格，跳起MAX提前曝光的首波主打舞曲〈Fight Together〉的慢版舞蹈，被孫子們拍下來上傳，將渲染力擴大到更高的年齡層。

MAX受歡迎的程度大爆表，註定了他們這張專輯大賣。

中年族群成了這張專輯最後才打入的市場，不過當家裡的長輩和年輕人都力讚推薦時，要讓夾在中間的爸爸媽媽接受，似乎也不是那麼難了。

父母們開始試著去聽這個團體到底在唱什麼，發現，MAX的歌聲並不是那種讓人頭痛爆炸的嘶吼，也不是為了突顯冷漠氣質，刻意使用平板枯燥、像是念經一般的節奏。

他們的歌詞看似尖銳，卻透著暖意，曲風乍聽頹喪，卻擁有鼓勵人向上的力量，撫慰了社會中為了撐起家庭而努力的人們。MAX詮釋歌曲時散發的複雜與豐富情感，讓大家對這張專輯讚不絕口。

這些效應一環扣著一環，都是唱片公司始料未及的。

當初歐陽子奇提出專輯的主視覺概念時，還遭到何董的反對，畢竟風格太過強烈的曲風，市場的接受度不大。

何董這麼向「錢」看，也不是沒有道理，在他的帶領下，把寰圖娛樂從一間單純的經紀公司，拓展成現在擁有唱片與廣告製作的娛樂集團。

尤其是寰圖音樂這部分，在國內演藝圈裡，與風華音樂並列兩大龍頭，創立時就已經擁有許多大牌製作與實力歌手，就連蔣炎勛也曾是寰圖音樂的一員，後來才被風華挖角。

此時，寰圖娛樂公司的第一會議室裡，聚集著MAX第二張專輯的執行團隊，不同於以往會議的嚴肅緊繃，在行銷組報告完銷售狀況後，會議室裡就瀰漫著一股歡樂的氣氛。

「當初預購結單，賣出的數量是第一張專輯總銷量的八成，雖然料想第二張專輯的成績應該會非常不錯，沒想到最後竟然會爆發，衝出三倍量的成績來，還是小楊哥英明，果斷決定提早加印，不然第一波通路的貨就無法及時鋪出去了。」

行銷企劃之一的怪石將身體往椅背一靠，對著MAX的經紀人，也是這個團隊的總召楊祺詳發出一聲讚嘆。

「我就說嘛！小海跟子奇都很適合這種黑暗系的墮落風格。」這次專輯的化妝師米娜接著說。

「沒錯！尤其是〈殺手〉那首歌，MV拍得超讚的！導演神來一筆要海飾演殺手，由子奇飾演無辜的被害者，效果竟然出奇地好。」

「對啊對啊，小海好厲害！他演殺手的時候，表情超猙獰的，眼神也充滿殺氣，本來我們都認為是子奇比較適合演冷酷殺手，畢竟小海平常都是一副好好先生的模樣，怎麼可能在氣勢上壓過子奇嘛！結果他卻用演技顛覆我們的想法，真不愧是金鶴獎的最佳新人得主，小海沒繼續演電影真是太可惜了。」

原本靜靜聽著大家你一言我一語的歐陽子奇嘴角微微揚起，其實穆丞海也不是真的演技大爆發，只是拍攝當天想到以往慘痛的演戲經驗，表情僵硬，沒想到誤打誤撞表現出殺手感。

歐陽子奇不著痕跡地投給穆丞海一個只有他們兩個人懂的調侃眼神，成功引來穆丞海的怨懟。

「子奇也是很出乎意料呀！他給人的感覺向來穩重，氣勢也比小海強得多，結果卻意外適合演被害者耶！看到子奇渾身是血，倒在小海懷裡的模樣，真的好想虐他喔～」

聽到美術設計盧小花的妄想，這下換穆丞海偷笑，歐陽子奇無言了。

專輯的每個細節，都是大家不眠不休、絞盡腦汁製作出來的，對他們而言，這張專輯就像自己最疼愛的孩子一樣，孩子能夠受到歡迎與喜愛，做父母的自然與有榮焉。

因此，即使發言內容已經偏離原本的討論主題，楊祺詳也只是笑著看大家閒聊，暫時不將話題導回正題上。

「大家說的都很有道理。」這時，資深企劃阿晃突然用力拍了下會議桌，站起身，慷慨激昂地道，「不過，最讓我感到驚訝的還是坐在這邊的這位——穆丞海先生。」阿晃伸手指向穆丞海，將大家的目光導向他。

「我？」突然成為焦點的穆丞海一臉錯愕。

「沒錯，就是你！」

除了不解之外，穆丞海不禁在心裡吶喊：阿晃，你不去當主持人真的太可惜了！待在幕後簡直埋沒人才！

其他人眼巴巴地看著阿晃，等待他進一步說明。

「這次專輯熱賣，子奇創作的歌曲動聽是一大原因，但在行銷與包裝層面，最關鍵的部分還是小海的兩個提議。第一，是在鍊子上頭，加上小公仔這個重要的記憶符號，使模仿有了跟隨指標。第二，則是大膽提議延後發行日期，與蔣炎勛競爭，雙方歌迷為了讓自己支持的藝人可以奪得銷售榜冠軍，拚命鼓吹親朋好友購買專輯，兩邊銷售量都破了個人紀錄，也算是一種良性競爭啦！」

穆丞海不好意思地搔搔頭。他根本沒想到要藉著競爭去衝高銷售量，只是因為接連幾次被蔣炎勛不光明的手段給陰了，想在專輯銷售上來個正面對決而已。

不過，被阿晃一誇獎，大家又接著吹捧，讓穆丞海越來越覺得好像真是這麼回事，慢慢產生自己其實很有企劃天分的錯覺。

怕他得意忘形，小楊哥趕緊出來控制場面，將話題導向MAX即將到來的演唱會上。

「子奇，演唱會的節目，你都決定好了嗎？」

「還有一些曲子的順序跟細節沒有完全確定。」

MAX這次的《亦敵亦友》演唱會，歐陽子奇擔綱音樂總監及舞臺設計。公司裡雖然有許多比他更資深、更有經驗的人可以勝任，但撇開MAX兩張專輯都是由歐陽子奇親自製作不談，他的舞臺策劃能力也是有目共睹，還有誰比他更能掌握MAX的特色呢？

「辛苦你了，等到確定節目表後，再給我一份企劃書，讓我呈給何董。」演唱會策劃交到歐陽子奇手上，楊祺詳擔心時間過於緊迫，子奇會把自己逼得太緊，累壞身體。

才想多叮嚀幾句，會議室的門突然被打開，何董笑嘻嘻地領著一名女子走了進來。

楊祺詳朝他們望去，在看清楚女子的長相後，慌張地從座位上跳起來。

「若……若水小姐！」

意識到自己突兀的舉動，一點都不穩重，楊祺詳感到相當不好意思，整張臉都漲紅了。他趕緊退開，逃到穆丞海旁邊的空椅子上，將會議室的主位讓給何董。

「嘿嘿，難道這位小姐是小楊哥喜歡的人？」穆丞海捱到楊祺詳身邊，壓低音量，一臉曖昧地問。

「嗯。」楊祺詳點頭，「若水小姐是我喜……不是你想的那樣！」

怕穆丞海誤會，楊祺詳連忙解釋，「若水小姐是所有經紀人的楷模，她帶的藝人沒有一個不紅的！她還是我的啟蒙師父，我的目標……唉——我完全不可能達到她的境界，只要有她十分之一那麼強，就非常開心了！」

簡單來說，他那是對偶像的喜歡啦！

「若水小姐，請坐。」何董客氣地招呼方若水就坐。

就算不瞭解方若水的背景，從何董的態度判斷，也知道對方絕對是很有分量的人物。

「呃……是這樣的，方若水小姐這次大駕光臨，是代表風華音樂來跟我們討論一個合作案。」何董繼續向大家宣布，「相信各位都知道，方若水小姐是徐立展老師的經紀人，老師之前正著手進行一張《向已逝歌手致敬》的專輯，也就是賦予老歌新的靈魂！而徐立展老師……不幸地在今早的車禍中過世了。因此，老師未完成的專輯，風華希望能交由 MAX 來完成。」

何董說完，方若水接著補充說明：「徐立展老師相當重視這張專輯，雖是舊歌重唱，但曲子都是老師盡全力去翻新製作的，只是很遺憾地，老師沒能將專輯製作完成就發生意外，成了他未完成的遺作。」

說白一點，專輯本身的歌曲內容水準極高，再搭配徐立展老師遺作這個話題，絕對是一張保證熱賣的專輯。

相較於何董恨不得馬上促成合作的功利模樣，方若水就顯得沉穩從容許多，她並沒有表現出希望 MAX 立即答應的態度，但從徐立展過世不到一天，風華就跑來談合作這點來看，風華老闆和何董一樣，也是把利益擺在第一位。

不過風華音樂本身就有許多優秀歌手，徐立展老師去世，應該不乏能夠接手專輯的藝人，例如徐立展老師的外甥蔣炎勛。

外甥幫舅舅完成遺作，這話題性甚至比給 MAX 製作更好，方若水特地來寰圖談合作，實在有違常理。

這個疑點大家第一時間都想到了，但何董不主動說，其他人也不好開口問，只有歐陽子奇在沉思了半刻後，直接向方若水挑明。

「為什麼不把專輯交給蔣炎勛完成？」

「炎勛他……最近狀況不太好。而且我認為由你們來製作，更能將徐立展老師的音樂理念發揮出來。」

方若水說的這番話，表面上看來客套、避重就輕，卻也是事實。

她與歐陽家有私交，原本就相當欣賞歐陽子奇的能力，她看過徐立展老師改編的曲子，肯定這張專輯會大賣，知道公司高層有賣出版權的意願後，就早一步搶先提議跟寰圖音樂合作，讓MAX完成這張專輯。

歐陽子奇聽了之後，又陷入沉默，何董則是期待地看著他。

「子奇，你不用急著決定，這是徐立展老師作的曲子，你先看過再考慮也不遲。」方若水十分清楚，寰圖娛樂的老闆雖然是何董，但在MAX的音樂製作上，握有決定權的卻是歐陽子奇，因此直接將一個牛皮紙袋遞至他面前。

還沒簽約，就願意將商業機密給他看？

這個舉動除了展現極大誠意，也表示對方有十足的把握，相信他會在看完後答應。

歐陽子奇接過牛皮紙袋，不置可否地笑了。

「殷大師！」

會議結束後，一群人魚貫走出，只剩歐陽子奇和方若水還留在裡頭閒聊，穆丞海原本打算跟著大家去用餐，但在看到走廊盡頭的白衣老人後，頓時改變主意，放聲大喊。

從上次在別墅前面一別之後，他就沒再見過殷大師了！

穆丞海跑了過去，劈頭就問：「殷大師，我想問您，有沒有什麼方法可以讓我更快找到親人啊？」

「會著急啦？之前不是還一副無所謂的樣子嗎？我看你身邊的人都比你還積極呢！」殷大師邊說著邊將八卦羅盤收進袋子裡，看來已經清理完公司裡的「不乾淨」，準備收工了。

「唉唷，之前我也不是不急，只是……」穆丞海搔搔頭。

很多事是天注定，他只是比較認命一點罷了。而且，拖了二十幾年才開始尋找親人，怎麼想都覺得找到的可能性很低。但就如殷大師所說，歐陽子奇和曾經被誤認是他前世媽媽的唐樂初，全都為了找到他的親人而努力，如果自己不做點什麼，確實很過意不去。

見他一副掙扎又不知所措的樣子，殷大師也不再為難他，從隨身背袋裡拿出一個物品，交到穆丞海手上。

「這是？」

鵝黃偏褐色的珠子，表面用硃砂寫著篆體文字，像是某種珍貴的法寶天珠，它鑲嵌的基座卻是朵可愛的小花，還有一個彎月形狀的裝飾品，從基座往上延伸包圍在珠子外層，基座底下則是連接著一根粉紅色的短棒，整體體積不大，是剛好可以放進襯衫口袋的大小。

奇怪，為什麼握著它，會有股想喊出「我要代替月亮來懲罰你」的衝動？

穆丞海還在打量這個謎樣的物品，殷大師從小布袋裡抽出一根細針，抓起他的另一隻手，輕輕扎在食指指尖上，用力一捏，擠出一滴血來，抹在珠子上。

「這是千年前某位得道高僧遺留下來的寶物，可以根據滴入的血液，找到血緣相關者，當你的血緣相關者握住它時，就會綻放光芒。」殷大師解釋道。

「哇，一千年前就有這種造型的寶物了喔，那個設計者也太有才了。」

「擁有千年歷史的只有中間那顆天珠，我費了一番心力才找到它，這個寶物很珍貴，是許多同道覬覦的東西，我怕你帶在身上會被有心人搶走，因此讓我的孫女做了點偽裝。」

看穿穆丞海的想法，殷大師不疾不徐地說明，同時也提醒他要小心保管。

確實，這模樣要是不說，誰會想到一根卡通風格的變身棒中間竟藏著如此珍貴的寶物呢？

穆丞海點點頭，表示理解，並讚嘆道：「殷大師，你還是這麼神啊！竟然事先就料到我今天會來找你商量尋找親人的事，替我準備好這個寶物。」

「不是我神。」穆丞海率真的崇拜，讓向來雲淡風輕的殷大師也難得露出笑容，「你們從拜桑歌劇院回來後，子奇就來找我問了同樣的問題，我找這顆天珠一段時間了，只是利用今天要來幫何董處理事情的機會，拿來給你們。」

原來子奇去找殷大師討論過了？自己都還不知道哪裡可以找到殷大師，子奇卻已經有大師的聯繫方式了。

不知道為什麼，穆丞海心裡一方面對於好友的關心感到高興，一方面又有股失落，怎麼自己做事的效率老是比不上他呢？

「另外，我接了個委託，要離開一段時間，我已經在公司四周設下結界，這段時間不會有孤魂野鬼闖進來，你可以放心待在公司裡，不用擔心突然被嚇到。」

殷大師突然低下頭，嘴裡念念有詞，像在算著什麼，接著抬起頭，對穆丞海露出高深莫測的笑容。

「不過，結界只能阻擋那些懷有惡意、擅自闖入的鬼魂，如果是由你的意念主動吸引進來的，我也愛莫能助了。」

穆丞海突然背脊一涼。

為什麼，他覺得殷大師似乎話中有話，在預言著某種可怕的未來？

徐立展老師的告別式當天，許多親朋好友前來悼念，為了避免作秀之嫌，新聞媒體全被阻擋在外，嚴禁拍攝。

徐家在徐立展這一代之前，有好幾位家族成員從事政治相關工作，對於「算八字」、「看時辰做事」、「供奉神明」這些信仰相當虔誠，每到選舉期間，更少不了公開拜廟的行程。徐立展在家族裡是異類，他厭惡這些行為，轉而改信基督教，因此他的葬禮也就按照信仰，改在基督教的墓園舉行。

墓園座落於市郊，位處半山腰上，環境十分清幽。天空飄著綿綿細雨，讓整個墓園像籠罩了一層灰白薄霧，氣氛更添幾分蕭瑟與哀傷。

徐立展沒有結婚，父母親也早已過世多年，主辦喪禮的是他的姐姐，也就是蔣炎勛的媽媽。

她站在徐立展的棺木旁，穿著一襲低調高雅的黑色洋裝，頭上的薄紗遮去了半張臉孔，她手裡揪著一條白色手絹，不時垂頭啜泣，在身旁替她撐傘的是她的丈夫。

徐立展出道得早，在演藝圈是資深前輩，人脈廣闊，他跨足歌唱、戲劇、主持等多項領域，是位多才多藝的全方位藝人。今日來參加葬禮的人，有不少是淡出演藝圈多年，遠從國外趕回來的摯友。

不過，這樣的場合，竟然不見蔣炎勛的蹤影。

「周圍應該很熱鬧吧？」

歐陽子奇與穆丞海處在弔唁的人群中，見穆丞海一直不自在地低著頭，視線只敢停留在地上，歐陽子奇揚起一抹壞笑，佯裝不經意地問。當他說話時，呼出的氣體遇冷形成白霧，雨絲滴沾在他戴的絨布帽子上，聚結成一顆顆細小水珠。

聞言，穆丞海身體一僵，攏整著圍巾的手倏地停頓在半空中，半晌後才小聲埋怨，聲音隔著圍巾聽起來有點悶，「我都盡量不去注意了，你幹嘛還講出來……」

可惡，子奇絕對是故意的。

除了來送別徐立展的人之外，墓園四周滿是鬼魂，也不知道是原本就住在這裡的「居民」，還是跑來玩耍的「遊客」。

總之，對擁有陰陽眼的他來說，簡直就是忍耐度的一大考驗，要不是他們必須來送徐立展老師最後一程，否則墓園就跟醫院一樣，是穆丞海完全不想踏入的地方。

「還沒習慣嗎？」歐陽子奇的笑意加深。

「怎麼可能習慣！」要知道，不是每一個人都面帶安詳、躺在床上自然停止呼吸心跳的！

其中不乏斷手斷腳、只剩一顆頭、或是只有身體沒有頭……總之，光是看到靜態畫面就夠可怕了，更不用說是會走來走去、移動飛舞的！

「徐立展老師作的歌曲我都聽完了。」收到娛樂效果，歐陽子奇也不再整他，適時轉移話題。

「真有若水小姐講得那麼好？」穆丞海好奇。

「經典之作。」

「所以，你決定接手了？」雖是疑問句，穆丞海的語氣幾乎是肯定的。

和歐陽子奇認識這麼久，穆丞海自然瞭解他對音樂的瘋狂程度，既然是好作品，又讓他看見了，子奇一定不忍心讓好音樂被遺忘在角落，或是被別人草草製作問世。

「嗯，我已經向何董和若水回覆了，請他們安排簽約。」

「那什麼時候開錄？」能讓子奇如此稱讚的作品，穆丞海也躍躍欲試。

「還不急。」

「是歌曲有需要修改的地方嗎？」

「不，徐立展老師的曲子很完美，不需再做更動，只是如果整張專輯原封不動接過來，未免太無聊了。」歐陽子奇的眼眸中閃著晶亮光彩，「我打算另外製作十首歌，來呼應徐立展老師的曲子。」

十首歌……那應該要花上不少時間吧。

「何董等得了嗎？我看他好像滿急的，想趁徐立展老師過世的這個話題熱潮還沒退前，狠撈一波的樣子。而且，你手上不是還有演唱會的曲目要忙？」

「也不會拖太久。我打算從這張新專輯中，拿幾首曲子在演唱會上表演，這樣兩邊工作便可同時進行，不會耽誤進度。徐立展老師的專輯，都是膾炙人口的歌曲，我想歌迷們應該都能跟著唱，然後我們再演唱自己的新曲，這樣演唱會也可以附帶新歌發表會的功用。」

聽好友這麼一說，穆丞海開始期待起這張由前後兩代音樂才子合力完成的專輯了。子奇會作出怎樣動聽的歌曲呢？到時他們又會如何詮釋這些歌曲？

和歐陽子奇探討演唱方向的過程很有趣，總能激發想像力，現在光是想想，就覺得熱血沸騰——雖然進入實際錄唱後，就會因為要唱出完美歌聲而變得痛苦就是了。

此外，徐立展老師重新編曲的舊歌，也讓穆丞海很期待。

穆丞海的演藝生涯跟蔣炎勛的牽扯雖深，卻從未跟他的舅舅徐立展打過照面，一來是徐立展老師的歌路和MAX不同，因此少了合作機會，二來是他在歌壇的地位與成就，對他們這種只出道兩年的新團體來說，就像高高在上的帝王，位處不同世界，讓他們完全搆不著邊。

這次要不是方若水幫忙，恐怕MAX也沒機會製作徐立展的專輯。

在牧師用慈祥而沉著的聲音，誦詠完徐立展一生的事蹟後，葬禮進行到最後階段，原本靜止的人群紛紛列隊往前，輪流將手中的玫瑰放在徐立展的棺木上。

穆丞海和歐陽子奇也跟著隊伍緩緩前進。

走了幾步後，前面的人群突然停了下來，起了一陣騷動，穆丞海不明就裡，好奇地抬頭看向前方，原來是徐立展的姐姐因為太過悲傷，突然暈倒在丈夫懷裡。

也是這麼一望，讓穆丞海看到了極為古怪的畫面。

徐立展的墓碑上，坐著一個中年男子，他的頭髮略顯凌亂，臉上戴著一副黑框眼鏡，下巴布滿剛長出來的鬍碴，一件寬鬆的白色薄襯衫隨性地套在他挺秀頎長的身上，衣服下襬隨著冷風瀟灑飄盪。

即使是如此不修邊幅的裝扮，還是看得出男子的教養與氣質，他長得相當好看，歲月的痕跡讓他醞釀出更加迷人的魅力。

他就那樣大剌剌地坐在全場的焦點中心，若有所思地盯著腳下被鮮紅玫瑰包圍的棺木。

在進行的葬禮中，穿著與氣候、場所不搭的服裝，坐在主角的墓碑上卻沒有被趕走，證明對方根本不是活人。即使只看過對方在螢幕上的樣子，穆丞海還是一眼就認出來了。

他就是徐立展。

令穆丞海不寒而慄的，是這一瞬間，他和徐立展的眼神對上了。

徐立展手腳敏捷地跳下墓碑，步伐堅定地朝穆丞海走來，隔著一步之遙，停下腳步。

「你看得見我？」他傾身靠向穆丞海，試探地問。

穆丞海默不作聲，眼神看向人群、看天空、看地上，就是不敢看徐立展。

久久得不到回應，徐立展伸出手，慢慢摸上穆丞海的臉，一陣不自然的冰涼自他的指尖傳來，令穆丞海起了一身雞皮疙瘩，但他還是努力保持鎮定，假裝對徐立展的觸碰渾然不覺。

徐立展緊盯著穆丞海的反應，發現隨著自己的撫摸，穆丞海的表情似乎越來越僵硬，但還是不確定對方真的看得見自己，於是他將手探向一旁的歐陽子奇。

根據以往經驗來看，每次歐陽子奇被附身，倒大楣的都是穆丞海，而且下場只能用悽慘無比來形容。

是以當穆丞海瞄到徐立展想觸摸歐陽子奇時，他以為對方想附歐陽子奇的身，幾乎想也沒想，直接將歐陽子奇拉離原位。

這次，徐立展揚起一抹笑，有股抓到對方小辮子的雀躍，他篤定地道：「你看得見我。」

Chapter 2

幽靈委託人

俐落地轉動方向盤，將車子開進住處地下室的車位停妥後，穆丞海立刻下車，低頭快步走進電梯。

他迅速按了居住的樓層，接著用力戳了好幾下關門鍵，恨不得電梯門直接變成闔上狀態，但在門關上、電梯開始向上升的瞬間，一道鬼影還是順利飄了進來。

「你這是何必呢？」徐立展將身體斜倚著穆丞海，一隻手搭上他的肩，神態悠閒愜意，「你的動作再快，也快不過鬼魂，更何況我還可以穿牆呢！」語氣大有炫耀的意味。

詭異的冰涼溫度傳來，穆丞海忍不住打了個哆嗦，「徐立展老師，我應該沒得罪過你吧?況且我們也不熟，你這樣一路不死心地跟著我回來，又是何必呢？」

穆丞海盯著變化中的電梯樓層，努力說服自己，沒關係，再忍耐一下就好，只要回到家裡，豔青姐就會幫忙處理了。

「你怎麼會沒得罪過我呢?我最討厭有人忽視我的存在了!從來就只有我忽視別人，沒有人敢忽視我，你剛剛就犯了大忌，竟然假裝沒看見我。」

徐立展說話的時候，身體幾乎是整個貼著穆丞海，鬼魂本身就散發著一股冰涼，再加上他的語氣隱藏著怒意，讓周圍溫度又低了幾分，穆丞海逐漸失去掙扎的力氣，低頭認錯。

「好吧，我承認一開始裝作看不到你是我不對，但我除了看得見你以外，就沒有其他能力了，你跟著我也沒用，倒不如去找一些道行高深的老師，或者托夢給你的家人……」不對，人本來就不應該看得到鬼，他幹嘛把這個錯承擔下來啊！可惡，都是徐立展老師害的，搞得他現在好亂。

「我快沒時間了。」徐立展嘆氣，失落地靠在電梯牆上，惆悵起來。

「你相信我，時間絕對足夠的。」見對方不再咄咄逼人，穆丞海也卸下防備，解釋起來。

「徐立展老師你聽我說，你是第一次當鬼，難免會擔心自己被鬼差抓走，或者魂魄消失什麼的。其實如果你心裡還不想離開這個世界，就會一直維持著鬼魂的型態四處遊走，自然有很多時間可以去做你想做的事。」

穆丞海會這麼說，並不是因為他對玄學多有研究，只是單純陳述經驗，因為不管是拍攝電影《豔陽》時認識的小桃、豔青姐，還是在拜桑歌劇院競演時遇到的館長普尼．林．賽洛斯和老皮他們，全都是這樣。

現在回想起來，還真有股心酸的感覺，他竟然被鬼纏到都開始瞭解鬼魂的習性了。

「如果你不相信我說的話，我也可以介紹一個大師給你，不是那種騙錢的兩光道士喔！是真的超厲害，上知天文，下知地理，不過他……」

叮咚！電梯在抵達一樓時停住打開，門外站著一個中年婦人，是這棟大樓的住戶，穆丞海和她打過幾次照面，他擔心若是繼續和徐立展老師對話，會讓婦人以為自己精神異常，於是趕緊住口。

但是穆丞海剛剛說得口沫橫飛，音量也不自覺放大許多，在電梯還沒停穩前，聲音就已傳了出去。

那個婦人本來以為穆丞海在和別人聊天，結果電梯門打開後，發現裡面只有他一個人，也沒見他拿著手機，她愣了幾秒後，才硬著頭皮走進電梯。

「在背臺詞啊？」電梯又上升幾層後，婦人忍不住開口問。

「呃……對啊，最近接了新戲，要趕緊把臺詞背熟。」穆丞海順著對方給的臺階下。

聽了穆丞海的回答，婦人明顯鬆了口氣，「我有看你演的電影，很好看喔！」

「謝謝……」

聊沒幾句，電梯內便陷入了尷尬的沉默，好不容易抵達穆丞海住的樓層，他匆匆跟婦人道了聲再見，衝出電梯，往家門直奔而去。

「豔青姐！」慌亂地開了門，他立刻朝著屋內大喊。

林豔青正坐在沙發上看電視，聽見穆丞海這跟殺豬沒兩樣的叫聲，她氣定神閒，連頭都懶得回，「又怎麼啦？」

「有鬼魂跟著我回來！豔青姐，救我！」

果然。

幫穆丞海處理這種事已經相當有經驗的林豔青，先是優雅地拿起遙控器、關掉電視，再緩緩從沙發上站起，一轉身，露出足以嚇退任何鬼神的猙獰模樣，讓看過好幾次的穆丞海都覺得害怕。

只是，嚇人的樣子沒有持續太久，在看見穆丞海身後跟著的徐立展後，她猙獰的模樣立刻消失。

「展哥～」

林豔青突然聲音一嗲，發出讓人聽了全身酥麻的叫喚，原本邋遢的穿著也瞬間變成甜美又帶點性感的打扮，柔若無骨地撲入徐立展懷中。

「展哥哥，好久不見！」

嘴角勾起嫵媚笑容，拿著茶壺的動作風情萬種，林豔青在杯子裡斟滿頂級茶葉泡出來的熱茶，蓮指端起，遞到徐立展手裡。

此時，一聲興奮的尖叫劃破天際，女高中生小桃以閃電般的速度衝入客廳，捱到林豔青旁邊的沙發坐下，驚訝地指著徐立展。

「徐……徐……徐……立展怎麼會在這裡！」小桃拉起林豔青的手，按在自己的胸口上，「怎麼辦豔青姐，我好興奮！妳摸摸看，我心跳得好快！」

她不是死很久了嗎？哪來的心跳？一旁的穆丞海翻了個巴洛克式的華麗白眼。

小桃的反應一看就是瘋狂粉絲，徐立展見過太多，已經見怪不怪，心裡反而高興著自己的魅力未減。

他端起茶杯靠近鼻子品聞香氣之後，輕啜一口，讚嘆道：「想不到我們還能以這樣的形式見面，只是妳美麗依舊，我卻老了。」

林豔青和徐立展生前的年紀相去不遠，但林豔青過世時正值花漾年華，而徐立展過世時已經五十歲，在不刻意改變外貌的情形下，看起來就像爸爸跟女兒。

「唉呀，展哥哥別這麼說，你一點都不老，而且越來越有魅力了！」說完，輕輕推了徐立展的肩膀，發出嬌嗔。

「是啊，徐立展……」本人就在面前，直呼名字似乎不太禮貌，小桃連忙改口，「立展哥真的很有魅力，又帥又有才華。」

穆丞海看著眼前這幾個互相吹捧的鬼魂，簡直傻眼，不曉得該做出什麼反應。

「其實，我們可以改變自己的模樣。」小桃接著說，興奮地眼神活像在討論園遊會要舉辦什麼活動的學生，「不如，我們都變成國小時候的樣子好了，這樣就沒有誰年輕或不年輕的問題了。」

「這個主意不錯。」出乎意料地，徐立展很乾脆地接受提議。

小桃這主意真是太棒了！林豔青和小桃互相抓握著對方的手，興奮燦笑，眼底閃爍著只有彼此知道的光芒。徐立展年輕時長得帥，林豔青是知道的，但她沒見過徐立展國小時候是什麼樣子，鐵定也是小帥哥一枚！

「不過……」徐立展露出為難表情，「我不知道該怎麼改變自己的模樣。」

「這不難，我教你。」

林豔青立刻靠過去，牽起徐立展的手，瞬間惹來小桃羨慕的驚呼。

「小桃，妳也過來幫忙，牽住展哥哥的另一隻手，幫他集中精神。」本著好東西要與好姐妹分享的大愛，林豔青朝小桃眨眨眼。

「是！」小桃立刻飛奔至徐立展的另一側，「立展哥，冒犯了，請你見諒。」說著，她溫柔地牽起他的手，並用嘴型無聲地向林豔青道謝。

穆丞海的嘴角不由得抽搐，這幾隻鬼大刺刺地坐在他家客廳，上演著不知道是「皇帝與後宮嬪妃嬉戲」還是「貴婦對牛郎上下其手」的戲碼，實在太詭異了。

而且，豔青姐對別的男鬼放電好嗎？岳宏大哥要是知道了，絕對會哭的……

在兩位資深鬼魂的幫助下，他們成功變成自己國小時穿著制服的模樣。小桃死掉時原本就是高中生年紀，模樣相去不遠，依舊長得甜美；林豔青倒是一反長大後的美豔與高貴，變得比小桃還可愛，讓穆丞海看了不禁一愣，臉頰微微泛紅；至於徐立展，長相又萌又帶著小帥哥的俊俏，連歐陽子奇國小的模樣都輸給他。

不過，欣賞的心情沒持續多久，穆丞海突然意識到一件很可怕的事，怎麼突然間，他竟然變成這裡最老的人了？太不公平了吧！

「對了，展哥哥，你怎麼會跟著這愣小子回來呢？」

徐立展可不是覺得好玩才一路跟著穆丞海回來的，既然敘舊也敘夠了，終究要回到正事上。

放下茶杯，徐立展感慨道：「就在前幾天，我車禍過世了。」

「天啊！真遺憾聽到這個消息。」林豔青驚訝地用手摀住嘴，眉頭一鎖，眼眶閃著難過的淚光。

不愧是影后，演起戲來流暢自然！穆丞海忍不住在內心吐槽，徐立展老師車禍的新聞報得這麼大，他就不信有空就盯著電視看連續劇的豔青姐會完全不知情！

「我死得太突然，有很多事沒交代，還在想該怎麼辦的時候，就在墓園遇到這小子了。」

「我完全能夠理解你的感受，想當初，我突然心臟病發過世，也有很多遺言想說，可惜遇到這愣小子已經是很久以後的事了，就算想請他幫忙傳達遺言也沒用了……而且，我也不知道岳宏又到哪裡去了……」林豔青啜泣起來，完全就是朵我見猶憐的嬌嫩小花。

豔青姐原來還記得岳宏大哥的存在啊！

「豔青妹妹不要傷心，至少還有我在這裡陪妳。」徐立展伸手拭去林豔青眼角的淚珠，動作輕柔憐惜，活像一對兩小無猜的小情侶，令小桃在一旁羨慕地大叫。

「對了，我記得豔青姐和立展哥傳過緋聞呢！所以你們……當時真的在一起嗎？」

「呵呵呵呵呵～」豔青姐拿出木扇，掩嘴笑了起來，「現在只要新的電視劇開播，哪對男女主角不傳緋聞？還不都是跟我們學的。」

「所以是假的喔？」小桃難掩失望，「豔青姐和立展哥看起來很登對耶！」

「下次有機會再告訴妳，演藝圈哪些緋聞是真的，哪些是假的。還有啊，有當紅偶像密戀三年多，都沒被狗仔發現呢！」

「好啊好啊，豔青姐妳一定要把知道的消息都告訴我喔！」有八卦可以聽，小桃的眼睛都亮了起來。

這突然和樂融融、嗑瓜子聊是非的氣氛是怎麼回事啊！穆丞海有點想丟下這群「小鬼」，回房間睡覺去，但他也挺好奇徐立展老師為什麼要跟著他回來，只好勉為其難留下。

「不過，我以前坐過展哥哥的車，展哥哥開車一向很守規矩，怎麼會出車禍呢？啊，我知道了，一定是對方違規對吧？」林豔青忿忿不平地說，大有把那個違規者拖出來鞭打的氣勢。

「不，我是自己撞上路旁的電線桿。」

「展哥哥你在說笑吧！」林豔青的纖纖玉手撫著臉側，瞪大雙眼，身體先是向後傾，再微微拉正，露出思考樣貌，「難道是工作太累，疲勞駕駛？」

太厲害了！同樣都是「驚訝」，但兩次的表現方式不同，讓人感覺到差異，層次相當豐富。

穆丞海想起豔青姐曾經在他面前表演過「一百種與笑容有關的表情」，當時就讓他拍案叫絕、讚嘆不已。看來，就算要表演出「一百種與驚訝有關的表情」，對豔青姐來說也是毫不費力。

「疲勞駕駛嗎……」徐立展回憶起車禍當天的情況，「那天，我熬夜寫歌，確實有點累，原本打算要睡了，但炎勛來找我，泡了杯茶給我喝，喝完後我又覺得有點肚子餓，才決定開車出去買早餐。」

「一開始我也不是那麼想睡覺，但越開越睏，最後根本睜不開眼睛！也不知道是睏到沒法控制身體，還是車子有問題，現在回想起來，總覺得在車子撞上電線桿前，好像煞不了車。」

「真奇怪，喝了茶，精神不是會更好嗎？」林豔青側著頭，雙手環抱在胸前，視線像是落在桌上的茶杯，但並沒有聚焦，顯然正在思考事情。

半晌，她有些遲疑地開口：「展哥哥，會不會……其實根本不是意外，是有人故意破壞煞車，害你出車禍啊？」

「我不知道。」徐立展搖頭，惆悵起來，「但我確實想弄清楚。這樣死得不明不白，心裡不好受。」說完，便轉頭看向穆丞海。

連林豔青和小桃也將頭轉過來。

「幹嘛這樣盯著我看？」穆丞海心頭升起一股不妙感。

「幫一下展哥哥吧！」林豔青開口。

「可是檢察官已經以意外車禍身亡結案了……」

穆丞海的臉垮了下來，要他幫忙？說得倒是容易，但他要怎麼幫？他在警察局沒有熟人，沒勢力也沒背景，更沒像福爾摩斯那樣精準分析事情的腦袋，最後只能仰賴歐陽子奇幫忙，但現在子奇手上工作這麼多，自己可沒膽替他決定。

而且，明明就是豔青姐想增加徐立展老師對她的好感，為什麼出力的人卻變成他啊？

見穆丞海仍有所猶豫，林豔青故意看著自己的指甲，用不在乎的口氣說：「最近好像滿多孤魂野鬼想進來看電視，唉……想想他們也挺可憐的，沒人供養，只能到處流浪，連看電視這種小小心願都無法實現，實在太殘忍了，不如……」

「我答應！」不讓她有機會把話說完，穆丞海趕緊答應下來。

開玩笑，要是讓那些鬼魂進來看電視還得了，他只剩家裡跟公司是可以安心待著的地方了，難道要他每天睡在公司嗎？

明知是威脅，穆丞海卻只能忍氣吞聲。唉，果然不能得罪豔青姐啊……

於是，事情就在完全沒得商量的情況下定案了。

「你們……」跟著穆丞海回來的目的已經達成，徐立展想起還有另一件事，於是端起臉孔質問，「MAX這陣子發行的專輯，是故意衝著炎勛來的吧？」

一個小學生的稚嫩臉孔就算再生氣，也不會多嚇人，但當另外兩個小女生也同仇敵愾地一起瞪著時，穆丞海就感受到無比的壓力了。

「呃……這個嘛……」

要說是故意針對蔣炎勛，好像也太嚴重了！本來子奇就已經作好歌曲，打算發專輯了，他們只是把檔期拉到可以和蔣炎勛打對臺而已……其實，追根究柢也是蔣炎勛小人在先！

但在徐立展的怒視下，穆丞海竟然無法理直氣壯地將內心話直接說出來，整個氣氛變成像是MAX太卑鄙，蔣炎勛才是無辜的受害者一樣。

就連知道來龍去脈的豔青姐竟然也投來譴責的眼神。

可惡，豔青姐也太快就倒戈了吧！蔣炎勛做過什麼事她不是都很清楚嗎？

「我知道若水把我籌劃的《向已逝歌手致敬》的專輯交給你們了，不過我不認為憑MAX的實力，有能耐駕馭那張專輯。」徐立展將雙手交叉放在胸前，看起來就像個裝大人的小屁孩。

要是徐立展只針對他的演唱能力批評，穆丞海還願意虛心接受，但連歐陽子奇都一起罵進去，穆丞海就無法默不吭聲了，他回嘴道：「難不成，徐立展老師認為蔣炎勛更適合？」

「當然！炎勛那孩子只是欠琢磨，不然他的歌唱實力絕對比MAX強多了。」

蔣炎勛欠琢磨？怎麼不說MAX也欠琢磨？蔣炎勛出道的時間比MAX早很多耶！

其實在徐立展老師眼裡，不管怎樣都會覺得蔣炎勛比較厲害吧！

「不過沒關係，既然若水已經將專輯交給你們處理，我也沒有反對的餘地，我會好好督促你們完成專輯的！」徐立展話鋒一轉，向穆丞海放話。

看著徐立展認真的模樣，穆丞海突然有股大難臨頭的預感……

感恩節當天，穆丞海長大的育幼院舉辦了一場慈善募款園遊會，請來MAX義演，讓育幼院的小朋友們及前來參加的民眾一起同樂。

表演結束後，歐陽子奇陪穆丞海留下來繼續逛園遊會，這期間，好幾次他設法靠近育幼院院長，想跟她聊聊穆丞海的事，卻都被她技巧性地躲開了。

不只今天如此，從拜桑歌劇院回來後，歐陽子奇就覺得院長變得有點奇怪，似乎刻意躲著他們，他有很多話想問院長，聯繫了幾次想約見面，都被拒絕。

若不是今天的工作行程早在去拜桑歌劇院前就敲定，院長應該不會想邀他們來表演。

等到慈善義賣活動結束，歐陽子奇偷偷尾隨院長回到院長室，趁著她還沒將門關上的瞬間，快速閃身到院長面前，並將手牢牢壓在門板上，不讓她有機會上鎖。

「院長，可以跟妳聊聊嗎？」

知道比力氣比不過歐陽子奇，院長索性放棄在門口與之僵持，逕自走向自己的辦公桌，動手整理起桌上文件，明顯在裝忙。

隨後，穆丞海也進入辦公室。原本掛著笑容要來分享今天見聞的他，就算反應再遲鈍，也看得出來歐陽子奇和院長兩個人的行為舉止怪怪的，只是他還搞不清楚狀況，於是閉上嘴巴，靜觀其變。

「非常抱歉，我還有事要忙，就不招呼你們了。」院長頭也不抬，直接下逐客令。

「只要一點點時間就好，是關於海……」

不讓歐陽子奇把話說完，院長直接抬起手來制止他，「我知道你想問什麼，但我不能再告訴你們任何訊息了，我能說的，就只有上次那個『白雪公主』的故事，沒有再多了！」說完，她又繼續裝忙整理文件，動作隱約透著急躁與不安，「沒其他事的話，不好意思，請你們先離開。」

明明上次來訪，院長還很開心地跟他們分享關於海身世的故事，結果去了一趟拜桑歌劇院回來，院長卻態度丕變，連閒聊都不願意，急著趕他們走。

他們不在的這段時間裡，是不是發生了什麼事？

「院長，為何妳的態度改變如此之多？難道是我們不在國內時，發生了什麼事？」

「什麼事都沒有！」院長急著否認，越顯欲蓋彌彰。

這時，穆丞海趁著院長與歐陽子奇談話，注意力不在他身上的空檔，偷偷晃到院長旁邊，冷不防地抓起她的手掌，把殷大師交給他的法寶放上去。

看到手上被放了一個粉色動漫風的魔法棒，院長露出不解的表情，板起臉孔，問道：「這是在做什麼！」

穆丞海解釋：「殷大師說，如果和我有血緣關係的人握住這個法寶，它就會發光。」

「你是逢人就試嗎？」很可惜，院長拿著法寶時，並沒有發亮。

「目前我只給兩個人試過而已，一個是院長妳，另一個是曾經誤以為她前世是我媽媽的同事。」穆丞海的行為，也透露出他內心深層的想法，從小他就跟院長感情好，當然會期待照顧他長大的院長和他有血緣關係，是親戚什麼的都好。

院長瞭解穆丞海，自然看得出他的舉動代表什麼，不禁放軟口氣，「你喔，月亮也拿你沒轍啦！」

院長平時雖然很嚴厲，但她是打從心底疼愛著育幼院裡的孩子，所以當看到穆丞海無意間流露出渴望親人的模樣，心裡就起了不捨。

只是，傷感的情緒並沒有渲染到穆丞海，聽見院長說出「月亮」二字，他立刻想起自己第一次握著法寶時，也想喊出「我要代替月亮來懲罰你」，眼睛頓時亮了起來。

「子奇，我就說嘛，拿著這個法寶的人果然都會聯想到月亮，你也這麼認為吧？」語氣相當興奮。

歐陽子奇別過頭，臉上差點冒出三條黑線，完全不想在這件事上跟他有所共鳴。

「那你說的那個同事試了，法寶有發亮嗎？」再讓穆丞海說下去，話題就要被帶偏了，院長當機立斷跳出來控制場面。

穆丞海搖搖頭。

他把法寶拿給唐樂初握著，也沒有發光。

院長看向一臉失落的穆丞海，再看向歐陽子奇。

原本她和歐陽子奇沒那麼熟稔，但經過這陣子幾番接觸後，她發現這個外表看起來淡漠的孩子，對小海的事卻異常執著，就算今天在這裡吃閉門羹，大概也不會就此放棄。

唉，院長嘆了口氣，三個人再這樣繼續耗下去也不是辦法。

「小海，勸你別找了，有些事不知道比較幸福。況且你遇到這些真心護著你的朋友，還有那些你不認識卻死忠支持著你的歌迷、影迷，已經比大部分的人都幸運了！」

院長突如其來的話語令兩人嚇了一跳，彼此暗暗交換眼神。

「院長，海的親人，最近是不是來找過妳？」細細推敲一下方才的對話，歐陽子奇問道。

院長撇過頭，暗暗吃驚，這孩子也太敏銳了！

育幼院院長這個職位，讓她有機會與社會上各種不同身分的人打交道，通常會被送來育幼院的孩子，背後牽扯的故事都不會太單純，什麼大風大浪她沒見過，但看著歐陽子奇銳利的眼神時，她竟然不敢直視，怕多對上幾秒，就會忍不住把祕密全盤托出。

「院長，真的像子奇說的，我的親人來找過妳？」追查了許久的身世之謎終於有所進展，穆丞海不由得緊張起來。

「別問了！不管是不是真的還有親人活著，就算你找到了，解決你的陰陽眼問題，也只會招來更大的危險，危害到你的生命！反正橫豎都是死，不如維持現狀，什麼都不知道比較好。」

「……什麼意思？」院長的話，像一道雷轟在穆丞海頭上，令他腦袋亂烘烘，充斥著來不及消化的資訊、謎團，並帶來更多疑惑。

他想問清楚，但院長接下來的話讓他住了嘴，果斷打消尋找親人的念頭。

「丞海，難道你想把子奇牽扯進去，害他也有生命危險？」

他當然不想！

他怎麼樣都無所謂，但子奇不能有事。他已經受過子奇太多幫助，自己都還沒回報，怎麼可以連累他有生命危險！如果繼續找尋親人會害子奇有危險，他寧可不找。

「我知道了，我以後不會再問身世的事了。」穆丞海果斷結束對話，院長的警告令他害怕不已。

「海……」歐陽子奇輕喚，他想讓海知道，不管未來是否真會遇到生命危險，自己都願意和他共同面對。

「好了，什麼都別說，就此打住，不找了。」穆丞海連忙阻止好友想要勸說的舉動。

接著，他拿起殷大師給他的法寶，直接扔進垃圾桶。

風華音樂公司十八樓，蔣炎勛專屬的豪華休息室裡，一通沒有事先預約的電話被轉了進來。

助理在聽完對方飆了將近兩分鐘的髒話後，面有難色地將話筒暫擱一旁，對站在落地窗邊，看似悠哉眺望風景，實際上卻煩躁地猛抽菸的蔣炎勛說：「蔣哥，有你的電話。」

蔣炎勛渾身一震，如遭電擊，也不問對方是誰，直接交代：「說我不在。」

他的心跳瘋狂鼓動，額際冷汗直冒。

「可是對方說，如果你不在，會直接來公司等你。」

不行！不能來公司！如果讓公司其他人發現這件事就糟了！

「電話給我。」蔣炎勛將菸捻熄，不情願地走到電話旁接過話筒，對助理說，「你先出去守著，別讓任何人進來。」

「是。」

等助理出了休息室，將門掩上，蔣炎勛態度一改，低聲下氣地對著話筒喊了聲：「凱哥——」

「蔣炎勛，你不錯嘛，家也不回，手機也不開！還是說，你直接把我的號碼設為拒接了？」

「凱哥，我怎麼會拒接你的電話呢？我只是……手機剛好沒電！」

對方冷笑兩聲，繼續道：「你以為我是三歲小孩，這麼好打發嗎？蔣炎勛，你欠我的賭債暫且不說，害我賠掉的那些錢可不是小數目。」被稱作凱哥的男子放話，「還是說，你不介意事情曝光？如果我把你豪賭欠下大筆債務的消息放給媒體，你應該會非常感謝我，讓你免費登上頭條吧！」

蔣炎勛趕緊求饒，之所以讓對方予取予求，不就是擔心事情曝光，毀了自己好不容易經營起來的名聲嗎？

「凱哥，再給我一點時間，我一定會把錢還你。」

「你以為叫我一聲凱哥，就可以把我當凱子嗎？」聽見蔣炎勛無法馬上還錢，對方立刻發飆，「你還要我再信你幾次？你的屁話我聽得夠多了！你跟我說，去賭盤買你的專輯會冠軍，保證一定贏錢，到時分紅就拿來抵賭債的利息，結果咧？第二名！」

「那也就算了，一開始嘛，還可以再衝一衝。結果老子這麼挺你，連買六週賭你會冠軍，你竟然一直停留在第二名！到底是MAX的實力太強，還是你根本無心要拚，想要老子跟你一樣欠一屁股債？」

「不不不！」蔣炎勛連忙否認，「凱哥，錢我一定會還，不然……我再報給你一條穩賺的門路，當作是多給的利息好嗎？」

聽到有利可圖，對方的好奇心被勾起，「什麼門路？不會又害我賠掉幾千萬吧？」

「這次絕對不會賠錢。凱哥，若不是穩賺的生意，我怎麼敢介紹給你呢？」

蔣炎勛再三保證，希望能消消對方怒火，換得些許喘息時間，讓他可以籌錢來還債，換得活命機會。

「好，你說說看。」

「凱哥知道MAX要開演唱會嗎？」

「這我知道。」因為MAX而賠掉不少錢，這陣子他可是很關注他們的動靜。

「負責售票的恆亞公司我有熟人，凱哥只要找幾個手下充當人頭，來個裡應外合，搶下演唱會門票，再放到網上拍賣，要賺個兩、三倍絕對不是問題。」

凱哥盤算了下，發現這至少有幾百萬的賺頭，也算不無小補，「好，這筆要是有賺，你欠的賭債就讓你再延幾天。不過，你給我聽清楚了，跟你的欠款相比，這連利息都算不上，別指望我會少收一毛錢。」

「我瞭解規矩，謝謝凱哥高抬貴手，願意給我機會。」對方肯買帳，蔣炎勛總算能稍微鬆口氣。

「蔣炎勛，趕快還錢，別想再耍什麼花樣，青海會是你惹不起的！」

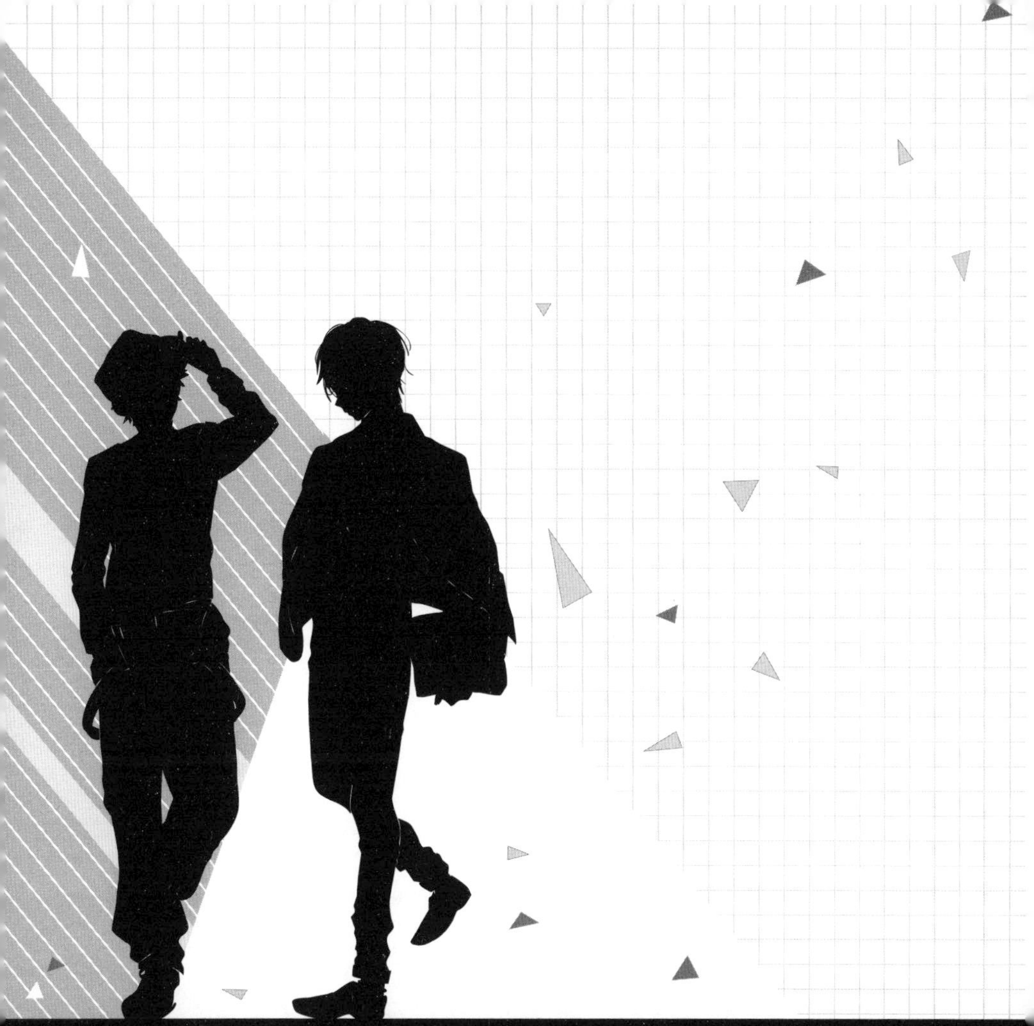

Chapter 3

鬼影幢幢的練唱室

寰圖娛樂的走廊上，楊祺詳像遊魂似地飄著，身影有越來越透明的趨向，簡直快跟背景融為一體。

穆丞海躡手躡腳地靠近，冷不防地從背後拍一下他的肩膀，楊祺詳嚇了一跳，但他能做出的最大反應，也僅僅只是無力地抖動。

「小楊哥，怎麼愁眉苦臉的？」想到今天是演唱會門票開賣的日子，穆丞海關心問道，「難道是演唱會門票賣得不好？」

「不是，演唱會的門票都賣光了，而且幾乎是一開賣就被秒殺，還一度造成系統大當機。」

「哇，那不是很好嗎？門票賣光了，應該要開心啊！」

「因為現在的狀況有點奇怪，中午賣光後，不到兩小時，網路上已經有人開始在網拍門票了。」

「有人專門搶票去轉賣，賺差價，這不是很正常嗎？」

「這樣說是沒錯，但是被轉賣的門票數量實在有點多。」

楊祺詳請其他同事幫忙上各大拍賣網站統計，光是目前被拿上網拍賣的門票就已經高達一萬多張，也就是說，有將近十分之一的門票不是被真的想聽MAX演唱會的歌迷買到，而且以這態勢來看，再晚一點被轉賣的門票應該會更多。

「而且，最奇怪的是，有不少賣家賣的門票多達幾十張，全是最貴的搖滾區，座位還是連號，我擔心是不是有詐騙集團在賣假票。」

他們這次的演唱會門票是委託給恆亞系統販售，對方的訂票規則是一個帳號最多只能訂四張票，楊祺詳不懂那些賣家是怎麼買到那麼多連號座位的？怎麼想都覺得是詐騙。

「我有發出公告提醒歌迷不要購買來路不明的票，也打電話去恆亞售票，將這個情形告訴他們，請他們查清楚是不是系統出錯，對方說需要一點調查時間，現在也只能等了。」

這是MAX第一場售票演唱會，除了神經向來大條的穆丞海，以及注意力只放在音樂製作的歐陽子奇外，整個執行團隊基本上都處於高度緊繃的狀態，身為總召集人的楊祺詳尤其嚴重。

從開賣前擔心門票賣不好，到後來熱賣，卻又遇到這不尋常的狀況，他承受著前所未有的巨大壓力，都快胃潰瘍了。

「小楊哥，你不要想太多啦！說不定只是巧合。」穆丞海安慰他。

「我也希望是我想太多，但演藝圈很黑暗，想將MAX拉下來的……」意識到自己再說下去，就要開始爆出演藝圈的黑暗內幕，楊祺詳趕緊改口，「算了算了，不提也罷，子奇不是還在練唱室等你？快去吧！」

楊祺詳推著穆丞海前進，催促他快去練唱室。

「小楊哥，你是不是有事瞞著我？」穆丞海邊走邊回頭，一臉不快。

「也不是瞞啦！只是子奇叮嚀過我，不要讓你知道太多演藝圈的黑暗面。」

「子奇不希望我知道？為什麼？」

「他沒有細說原因，我猜應該是希望你一直保持單純的個性，不要受影響吧！」子奇的希望同樣是他的希望，就算不在演藝圈裡，要找到個性如此率真的人也不容易。

演藝圈是個大染缸，大家表面上和和氣氣，背後卻總是找機會放冷箭，再單純無爭的人，被暗算幾次後，也開始學會踩著別人屍體往上爬。

「小楊哥，你老實告訴我，MAX受過很多攻擊嗎？」

楊祺詳猶豫了下，才苦笑著點頭。演藝圈本來就是非多，尤其像MAX這種迅速竄紅的團體，更是容易成為別人敵視的目標。

不管是寰圖娛樂的競爭對手，或是私下對MAX的成績嫉妒眼紅的明星，就連同一家公司的藝人和工作人員，也會在背地裡說閒話。

「那些攻擊，都是你和子奇擋下來了？」

這次楊祺詳猶豫的時間更長了，受不了穆丞海那渴望真相的眼神，還是點頭承認。

難怪——

穆丞海恍然大悟。

豔青姐時常耳提面命要他小心，他還覺得莫名其妙，因為除了蔣炎勛，他從不覺得有很多人要害他。嚴格說起來，蔣炎勛也只針對過幾次，他一直以為是豔青姐小題大作了。

結果，原來是有很多人在背後幫他擋槍擋劍，他才能過著無憂無慮的生活。聽完楊祺詳的話，穆丞海心裡越發不快了。

他確實很討厭遇到那些黑暗面，可比起面對那些骯髒手段，他更不喜歡這種表面天下太平，實際上是很多人在背後保護他的感覺。

他不是溫室裡的花朵好嗎！

現在回想，尋找親人這件事，一開始子奇也是瞞著他偷偷調查。明明是他個人的事，最該付出心力的人是他，但子奇總是早一步先做了……好吧，找親人的事情已經告一段落，不用再抱怨這些。

但他心裡總覺得哪裡怪怪的。

那天，他一聽見院長說找親人可能會害子奇有生命危險，想也沒想，就直接宣布放棄，子奇也沒再提起這件事，好像真的接受他的決定似的。

子奇根本不是那麼好說話的人，就擔心他是不是轉成地下調查，偷偷不讓他知道。

對，一定是這樣，就像掩飾演藝圈的黑暗面一樣，怕他為難，然後又暗地裡為他做了一堆事，不讓他知道。

他受夠了！不能老是這樣下去，他該和子奇好好談一談……不如，打鐵趁熱，等等開始討論歌曲前，是一個不錯的時機點。

穆丞海邊想著邊往練唱室走去，背後突然飄出聲音。

「你經紀人的擔心是對的，這樣的售票狀況，絕對有問題。」

這聲音好熟，最近常聽到……穆丞海一驚，驀地轉頭，果然看見徐立展老師的鬼魂。

「徐立展老師，為什麼你會在這裡？」穆丞海指著對方，一臉不可置信。

殷大師不是已經在公司四周設下結界，阻止孤魂野鬼闖入了嗎？怎麼徐立展老師絲毫不受影響？

「因為你需要我，所以我就在這裡了。」徐立展推了推自己的黑框眼鏡，露出高深莫測的笑容。

「我什麼時候說過需要你了！」這絕對是誤會。

「要開始錄專輯了不是嗎？」別忘了，他才是這張專輯原始的製作人，當然需要他來指導監督。

穆丞海心裡突然想起殷大師說過一句話——

「結界只能阻擋那些懷有惡意、擅自闖入的鬼魂，如果是由你的意念主動吸引進來的，我也愛莫能助了。」

被徐立展的出現嚇到，擾亂了原先計畫，穆丞海完全忘記要跟歐陽子奇討論「保護過度」這件事，等到想起來時，已經錯過最佳時機。

歐陽子奇塞了一疊樂譜給他，是徐立展老師作的曲子，說是特別挑選出來要在演唱會上演唱的，他只好先認真將歌譜看完。

「說說看感想。」

一路走來，歐陽子奇對穆丞海的演唱訓練，有著相當嚴格的階段區分。

首先，他會先將歌詞拿掉，讓穆丞海只看樂譜，要他從五線譜的音符中去體會歌曲的旋律跟節奏，試著說出感想，藉此訓練他的視譜能力。

接著，會放事先錄好的音樂 Demo 帶給他聽，讓他對照「看譜想像的音樂」跟「實際聽到的音樂」有什麼落差，進行認知的修正與調整。

最後，才是將歌詞搭配上去，為整首歌曲定調。

每一個步驟都可能將先前的認定徹底推翻，重新定位對歌曲的感覺，但每一次感受的變化，都是讓最後版本更加豐富的重要因素。

一開始進行這個訓練時，花了許多時間，穆丞海開竅得慢，老是抓不住歌曲的感覺。

但在歐陽子奇耐心地引導下，讓他現在光是看譜，就能抓到歌曲七、八成感覺。他能從蔣炎勛手裡奪下最佳男演唱人，絕不是花錢買通評審，而是憑著被鍛鍊出來的實力。

現在歐陽子奇要他說出「感想」，絕不是簡單帶過，穆丞海必須說出他對歌曲的所有理解，從曲調分析、段落轉折到整體感受，還要點出歌曲的特色及評價。

他現在雖然有想法，卻無法坦率地說出來。

「呃……」穆丞海偷偷瞄向徐立展所在的方向。

製作者本人就在現場耶，他要怎麼當著對方的面說出評價！

「還不錯。」相當模稜兩可的答案。

「就這樣？」歐陽子奇挑眉。

「應該會很受歡迎。」繼續打太極。

「穆——丞——海——」歐陽子奇叫了他的全名，尾音拉長，手指規律地敲擊桌面，「你覺得徐立展老師比我還可怕？」

咦？穆丞海一愣，怎麼會突然提到徐立展老師？

「徐立展老師在這裡對吧。」歐陽子奇語氣篤定。

「你也看得到？」穆丞海詫異。

子奇什麼時候開始有陰陽眼的？難道是在他不知道的時候，像他一樣撞到頭了？

「我看不到。」歐陽子奇冷著聲音解釋，「但我看得到你的反應。」見穆丞海依舊一臉疑惑，他繼續說，「從我們參加徐立展老師的告別式那天開始，你的態度就變得怪怪的，現在又不時看向我的左後方，連回答也變得戰戰兢兢，顧忌東顧忌西，再猜不到徐立展老師就在這裡，也未免太瞧不起我了。」

分析起來很有道理，穆丞海徹底折服，「是、是啦，徐立展老師從墓園跟著我回來，現在就在練唱室裡。」

「奇怪？我記得第二張專輯錄製前，你可不是這樣的，當時不是想到什麼就說什麼嗎？連我作的曲子都敢表達意見，現在卻不敢把對徐立展老師作品的想法照實說出？」

穆丞海心想，這不一樣啊！子奇不會突然出現在他背後，不會因為他說了句穿著過時就記仇記到天荒地老，更不會聯合豔青姐欺壓他！

得罪徐立展老師的下場淒慘多了。

「這臭小子以為他是哪根蔥？敢拿自己跟我比！」歐陽子奇說完，穆丞海還沒做出回應，徐立展反而發起脾氣來了，覺得自己竟然被後輩輕視。

歐陽子奇看不見徐立展，自然不知道對方對他不尊重前輩的態度有諸多意見，繼續表明自己的看法。

「就算徐立展老師被稱為『歌神』，是這張專輯的作曲加原製作，但也不代表每一首歌他都能完美詮釋。現在要演唱的人是你，你的感受、想如何去表達歌曲，才是最重要的。」

一開始的話聽在徐立展耳裡，如果屬於不尊重的等級，那麼後面這些話，就晉升到挑釁階段了。

徐立展更加火大，直接開嗆：「不錯嘛！MAX運氣好，專輯多賣了幾張，就開始跩了？也不想想，一個出道幾年的團體，竟敢批評我唱歌不完美？敬老尊賢這幾個字懂不懂怎麼寫？我是『老』，也是『賢』耶！應該雙倍尊重好嗎！」

說著說著，徐立展用力拍桌，「現在的後輩就是這種態度，沒實力又驕傲，不肯虛心向前輩學習請教，難怪演藝圈的水準越來越低，我就不信像他這種心高氣傲的人，有能耐將這張專輯做出不同的特色。穆丞海，你去跟若水說，我要把專輯拿回來，另外找人製作！」

現場硝煙彈雨，開戰雙方卻都將砲口對向穆丞海，讓他覺得自己倒楣透頂。

為什麼世界上被冠有「創作才子」封號的人，都特別難搞啊！

看徐立展老師對自己作品堅持的樣子，簡直就是子奇的翻版，但徐立展老師因為歲數和輩分，又多了一份不講理的固執，比子奇難溝通多了。

我說子奇，你老了以後可千萬別變成這脾氣。

「徐立展老師說什麼？」就在穆丞海替歐陽子奇的未來擔憂時，對方拋來了一個問句。

穆丞海心虛地看向一人一鬼，最後決定息事寧人，「沒說什麼……」

「他要是沒說什麼，你才不會臉色發白。」手指敲擊的節奏快了許多，顯示歐陽子奇的耐心正快速流逝。

徐立展老師說的那些話，要是直接講給子奇聽，雙方鐵定會直接翻臉、火力加倍，這樣最可憐的還是夾在中間傳話的他。

「徐立展老師說，他對歌曲的詮釋有他自己的想法，希望你能尊重他的創作理念，討論看看怎麼做才能讓作品最完美。」穆丞海稍微潤飾後，委婉地說。

「什麼想法？」歐陽子奇問。

穆丞海看向徐立展，接到一記殺人眼神。

他才不想跟他們討論，他要直接將專輯收回去！這小子竟然敢將他的話曲解成這樣！

不過，也好。

徐立展穩住情緒，想聽他的想法是嗎？早就耳聞歐陽子奇的創作能力相當厲害，趁這機會，剛好可以試試他的實力。

「我要給他一項測試。」

測試？不會吧？怎麼越搞越複雜，萬一把事情鬧大怎麼辦？

「……徐立展老師說，他想給你一項測試。」穆丞海遲疑了下，最後還是照實轉述。

「你問他，敢不敢現場清唱這首歌，不准隨便哼兩句敷衍，要用在舞臺上表演的方式，正式演唱。」徐立展伸手指著桌上〈華麗舞會〉的樂譜。

「清……清唱？」穆丞海確認著自己有沒有聽錯。

徐立展點頭。沒錯，他就是要聽這小子清唱，沒有配樂作掩飾，用最原始的人聲，情感如何表達都能聽得一清二楚。

這也太刁難了吧！

穆丞海本來還想問配音樂唱行不行？歐陽子奇卻先一步開口，問穆丞海：「哪一首？」

「〈華麗舞會〉。」穆丞海將徐立展的要求完整轉述，「徐立展老師還說，他想聽正式表演的唱法。」

「嗯。」歐陽子奇點頭，連譜也不看，就開始清唱起來。

徐立展會選這首歌是有原因的，絕不是隨便挑一首曲子來測試而已。

老歌新唱最麻煩的點，是你要演唱的歌，已經有一個廣為人知的版本存在，後來翻唱的人，不論好壞，都會被拿來與原唱比較。照著唱，容易被說跳不出原唱的框架，不照著唱，又會被批評失去原作精髓。

所以老歌新唱的曲目，通常都會做一些改編，可能是變調、改些節奏或增加裝飾音等等，就是為了讓曲子聽起來跟原作有明顯差異，但又保留原作的味道。

徐立展在製作這張《向已逝歌手致敬》的專輯時，也稍微用了這個技巧。

但這首〈華麗舞會〉就不同了，唯獨這首曲子，徐立展幾乎沒有改編，只有在一些很細微的地方，將音階做了一點小改變，乍聽之下與原曲無異，細聽之後才會發現不同。

徐立展的作法，就像在海綿蛋糕上，滴上些許蜂蜜，用眼睛看不出變化，必須用心品嘗才能發現其中差異。

而且〈華麗舞會〉的來頭也不小。

幾十年前因為一部連續劇，讓這首曲子紅遍大街小巷，甚至到了今日，在年輕人間的傳唱度也很高，是那種萬年不退燒的歌。

但自始至終，都沒有人敢翻唱這首歌。

〈華麗舞會〉雖然紅，演唱者羅傑卻英年早逝，成了一片歌手。因此大家只要提到羅傑，就會想到這首歌，聽到這首歌，也一定會在腦海裡浮現羅傑演唱的模樣。

「華麗舞會」跟「羅傑」兩個詞被牢牢綁在一起，深植人心，也增加了重新詮釋的難度。

徐立展是第一個有勇氣翻唱它的人，他有把握將這首歌詮釋得很好。在收錄的老歌歌單中，就屬這首難度最高，所以他幾乎是用看好戲的心態來考驗歐陽子奇。

然而，徐立展失望了。

歐陽子奇輕易地就找到了徐立展在曲子上加了蜂蜜的位置，並將甜味無限延續，串起所有藏有蜂蜜的地方，頓時香氣與甜味盈滿感官，一場名符其實的華麗舞會就此展開。

悠揚的音樂迴盪在貴族們的交際舞會上，服務生挺直背脊，手裡端著銀製托盤穿梭於人群中，將頂級葡萄酒送到客人手上。

雕飾精美的窗邊，幾名男士正聚著聊天，話題從政治、軍事、國際局勢，一直繞到經濟上；餐桌另一邊的女士則是討論著彼此使用的香水品牌、流行服飾、髮型跟化妝品。

短暫的歇奏，宴會的氣氛改變了。

舞池中央，女士們嬌羞地將手搭在男士們肩上，華貴禮服隨著身體旋轉，蓬蓬裙像花朵般盛放，每個滑步、眼神的交流，都堆砌著下一個精彩。

音樂停止的瞬間，紳士與淑女們在舞池裡鞠躬，含蓄又禮貌地互道再見，但大家心裡都明白，在夜裡浪漫旖旎將會延續下去……

穆丞海緩緩睜開眼，在歐陽子奇歌聲的帶領下，他彷彿也經歷了那場舞會，在靈魂最深處引起共鳴。

他的嘴角噙著笑意，看向徐立展，眼神帶著炫耀，彷彿在說：看吧，子奇就是這麼厲害，徐立展老師，認同他的實力，別再無理取鬧了！

確實，徐立展相當震驚。

今天之前，徐立展只有透過專輯去瞭解MAX的歌聲，但歐陽子奇從未在專輯裡獨唱過，這是他第一次完整地聽到歐陽子奇的演唱。

真要剖析的話，徐立展認為MAX的合唱雖然有一定程度的水準，但歐陽子奇的獨唱更為精彩，甚至比穆丞海的獨唱動聽很多，可見他平時應該是故意隱藏實力配合穆丞海。

不過，歐陽子奇的演唱方式有一個很嚴重的問題……

「你們想把這首曲子放到演唱會上表演對吧？」徐立展問道。

穆丞海點頭，子奇確實是這麼打算。

「那他的表演就太過單調了。」

「單調？」怎麼會呢？他覺得子奇的聲音表達出很豐富的情感耶！「啊，我知道了，徐立展老師，你只是不肯坦率說出稱讚的話吧！」

徐立展的臉上頓時三條黑線，不想自己的意思遭到曲解，他對穆丞海說：「好吧，就讓你看看什麼叫做真正的表演。」

說著，徐立展站起身，搖身一變，全身的服飾與妝容換成演唱會模式，開始唱起〈華麗舞會〉。

場景瞬間轉變！

一樣是裝飾華麗的舞會現場，女士們穿著高貴的禮服，男士們西裝筆挺，但不同的是男女之間不再拘謹，他們圍在一起談天，熱情地依偎在彼此身上，氣氛少了些嚴肅，多了些奔放。

短暫的歇奏，一個人出現在樓梯上，成了主角。

隨著音樂節奏，他踩著階梯下來，走進舞池，所有人都看著他，屏息等著他下一個動作。

是哪位幸運的女孩會獲得青睞呢？自己會不會就是那個被他邀舞的人？

但他只是在舞池裡穿梭，撩撥著大家的心，卻沒有牽起任何人的手，是那麼地高不可攀。

音樂停止的瞬間，他擺出高傲的 **Ending Pose**，像是要吸引所有目光，在這個舞會上，他就是掌控一切的帝王。

穆丞海有點傻眼，歌聲很動聽，不愧是「歌神」，但……「徐立展老師的表演好……」老派兩字到了嘴邊，硬生生被他吞了回去。

想到自己不小心說過豔青姐的演技老派，就此開啟了地獄般的演技訓練，他要是也說徐立展老師老派，肯定會被拉去進行地獄式歌唱技巧訓練！於是他連忙改口。

「……好牢牢抓住人們的視線啊——」

「那當然。」徐立展驕傲地抬起下巴，「演唱會就是要給觀眾不同的感受，不只是歌聲，還有動作、表情帶來的視覺效果，如果像子奇那樣站著不動把歌唱完，那觀眾自己在家聽CD就好了，何必買票去聽演唱會？好了，快把我剛剛的表演重複一次給子奇看。」

他？穆丞海指著自己，嘴巴呈現O字型。

「當然，不然他看得見我的表演嗎？不靠你轉達要靠誰？」

「好、好吧……」

穆丞海便將自己看到的那段演出「原封不動」地表演一次給歐陽子奇看。當然，原封不動只是他自己認為，徐立展和歐陽子奇看完後臉色都不太好看。

「喂，你真的演過電影，還拿過新人獎嗎？聽豔青說的時候我不太敢相信，現在看完你的表演，就更篤定是騙人的了。」徐立展嘆了口氣，這個表演的水平連他的一半都不到。

姑且不論歌聲，表情和動作也太僵硬了吧！

「豔青姐沒有騙你，我確實演過電影，還得獎了。」穆丞海不服氣，好歹他也算是豔青姐的得意門生，雖然師父不太願意承認他這個徒弟就是了。

「算了算了，你將我接下來說的話記好，轉告歐陽子奇。」徐立展懶得同他爭辯，「幾個該注意的重點：在演唱過程中，要把握眼神跟眉毛的挑動，牢牢勾住觀眾的視線，手勢要誇張，走動要多一些，最重要的在最後四個小節的 **Ending Pose**，滑步、轉身，然後單腳屈膝跪下。」

徐立展描述得很詳細，這次穆丞海一字不漏地轉達了。

歐陽子奇聽過後完全不打算採納，直接了當地回答：「我拒絕這麼做，這不符合我的表演風格。」

「你跟他說，他那樣的演繹方式，羅傑肯定不會喜歡，用原歌手不喜歡的方式來翻唱歌曲，又算什麼致敬？」穆丞海點點頭，說了。

歐陽子奇也有自己的一套看法。

「徐立展老師說的沒錯，用原歌手不喜歡的方式來表演，確實不算致敬，至少在這點上頭我們的看法一致。不過，難道羅傑老師就一定不喜歡我的，而喜歡徐立展老師的詮釋方式嗎？」

「他一定會比較喜歡我的！」徐立展信心滿滿地表示。

徐立展和歐陽子奇在「該怎麼詮釋」的問題上爭論不休，不只〈華麗舞會〉這首歌，對其他曲子的看法也有出入，在中間負責轉述的穆丞海都快瘋了，最後他終於受不了，大吼一句——

「你們又不是那些已故歌手，怎麼知道他們喜歡什麼方式去詮釋那些他們唱過的歌啊？」

練唱室頓時陷入一陣寂靜。

歐陽子奇和徐立展不約而同地看向穆丞海。

一人一鬼的眼神讓穆丞海渾身不自在起來。他才意識到，這大概是他踏進練唱室——不，是認識歐陽子奇與遇到徐立展以來，說過最帶種的一句話。

結果，因為穆丞海難能可貴的表現，徐立展要他們在練唱室裡等他一下。

十分鐘後，練唱室裡多了六隻鬼，全是這張《向已逝歌手致敬》專輯裡的原唱者。

穆丞海簡直傻眼，這種排場陣仗，簡直是眾星雲集了！在生前，如果想同時請到他們，可能要等跨年特別節目或紅白大對抗之類的等級才看得到了。

但相較於看到這些已故歌手們的感動，穆丞海心裡更疑惑一件事。

「難道你們都沒有投胎，一直徘徊在人間嗎？」

「不，我是從陰間上來的。」回答的是坐在角落位置的江德明，他也是這張專輯中，唯一一個被徐立展老師收錄了兩首歌的歌手。

「江老師您好。」穆丞海很有禮貌地向他打招呼。

江德明笑著從口袋裡掏出一疊票券，「這是我下個星期的演唱會門票，送給你，你可以過來觀摩。聽說你也要開演唱會了，希望可以幫到你。」

穆丞海尷尬地接過門票。

演唱會前能去觀摩別人的表演，用意是很好啦，但他比較疑惑要怎麼去陰間看江老師的演唱會，難道要觀落陰嗎？

徐立展坐在桌邊，手指一直敲著桌面，顯得很沒耐性。

「羅傑呢？」都叫他們盡量在十分鐘內趕過來了，羅傑竟然遲到這麼久，「鬼魂又不像人類不能穿牆，難道還有塞車的問題？算了，不等他了，先處理你們這部分也好。」

徐立展話鋒一轉，對在場的已故歌手們宣布，「這兩個演藝圈的後輩說要聽你們這些原唱者的意見。」

「沒問題，難得後輩想學習，當然要好好傳授一下。」難得往生這麼久，在陽間還有人惦記著他們的歌聲和歌曲，在場前輩們全都一臉興奮，躍躍欲試。

「子奇，前輩們說，要傳授東西給我們。」穆丞海的聲音有點顫抖。

「我無所謂，那就開始吧！」

歐陽子奇，以及在場的鬼魂們，全都看向穆丞海，等著他這個唯一看得到、也聽得到鬼魂說話的人開始傳達彼此的話。

啊啊啊啊啊！光眼前這陣仗，就夠他受了！

拜託！羅傑老師，您還是不要來好了！

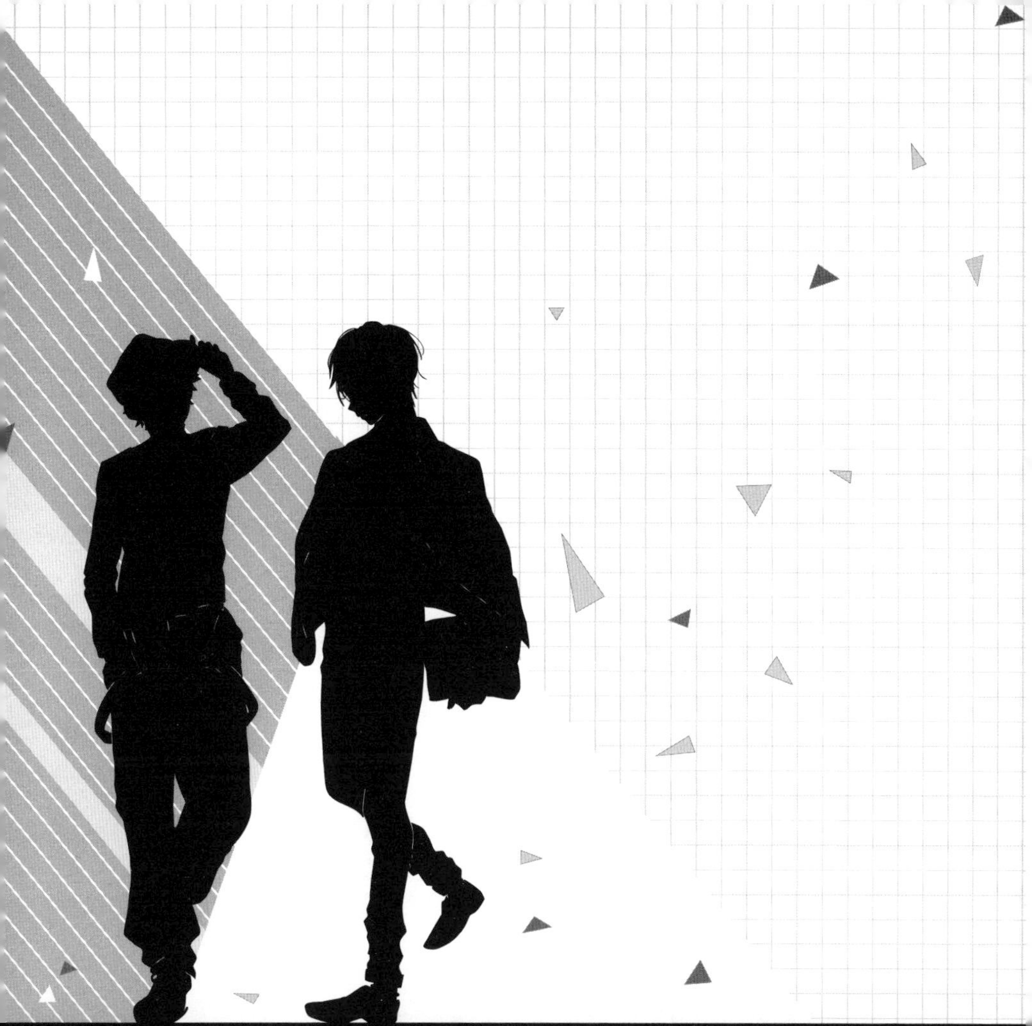

Chapter 4

青海會

晚上七點，東門商圈最熱鬧的時刻，街頭依舊充斥著龐克風格裝扮的年輕人，即使離MAX第二張專輯的首發日已經過了兩個月，大多商家還是播放他們的歌，甚至因為演唱會即將到來的緣故，有更熱門的趨勢。

在穿越東門商圈的主要幹道上，一間擠滿客人的速食店裡，穆丞海正大口咬著熱騰騰的漢堡，感動得快落淚。

自從出道後，他想吃速食店的東西只能請人幫忙買，等送到他手裡食物都涼了，好久沒有吃到現做的漢堡了！

「坐在市區最熱鬧的速食店吃東西，你還真有膽。」徐立展飄到穆丞海身旁的空位坐下，對他此刻的舉動感到相當神奇。

徐立展坐的位置，是這間速食店目前所剩的唯一座位，在徐立展坐上去後，有一名學生也想過來坐，但當他靠近位置時，突然感到一陣惡寒，渾身抖了一下，覺得邪門，趕緊匆匆離去。

這樣的狀況在短時間內重複了好幾次，最後，即使有很多沒地方用餐的顧客注視著這個空位，卻沒人敢鼓起勇氣靠近。

穆丞海心想，這樣也好，省得有人坐太近認出他。他只想好好吃完一頓飯就閃人，能省事就省事。

「以為戴頂帽子加副墨鏡，別人就認不出你了嗎？」徐立展作勢要去掀他的帽子，大概是被最近和林豔青還有小桃扮成國小生給影響，行為舉也不知不覺變得孩子氣。

穆丞海假借撿東西，閃身躲開。

確實，平常他絕對不敢到人潮洶湧的地方用餐，但這陣子在練唱室老是被折磨，今天尤其嚴重，他現在只想吃個最愛的漢堡套餐，好好安慰自己一下，享受被可樂氣泡漲滿胃部的感覺，就算有人認出來，他也想好說詞了。

但這些話穆丞海並不想開口向徐立展解釋，直接當作他不存在。

拜託，四周人來人往的耶！現在回話，看在別人眼裡完全是自言自語，鐵定會被當成瘋子。

「請……請問，你是穆丞海嗎？」

穆丞海來得比較早，當時速食店還沒坐滿，他故意挑了落地窗旁，一個背對店內人群的位置，但他的背影還是被眼尖的歌迷認出來了，幾個女生已經盯著他好一段時間，躊躇半天才敢過來確認。

「沒錯，我就是。」穆丞海放下手中的食物，對著前來詢問的女生們一笑。

但當他一開口，就看見對方愣住了。

連徐立展也嚇了一跳，「你的聲音怎麼變成這樣？」好沙啞好難聽。

莫非是最近練唱練太久，倒嗓了？

「我長得很像吧？」穆丞海露出驕傲表情，「我被很多人認錯過，但是……嘿嘿，只要我一開口，就破功了。」

穆丞海故意將音量放大，讓周圍偷偷注意這邊的人也可以聽到，打算一次打發掉所有人的猜測。

「看吧，我就說嘛，明星怎麼可能跑來這裡吃東西！」其中一名女孩如此說，但失望的表情顯示她原本很期待能夠見到偶像。

「不過，不講話的時候看起來真的好像，幾乎一模一樣耶！」

不是幾乎一模一樣，他本來就是穆丞海啊，徐立展在一旁翻了翻白眼。

「很多人都這樣說喔！不過那也代表我真的很帥吧！偷偷告訴妳們，我是故意坐在這裡的，想看看有沒有星探會來挖掘我。」穆丞海原本想要帥一下，朝她們眨眼，但想到自己戴著墨鏡，只好作罷。

「那你加油喔，搞不好可以被找去上『超級明星臉』，一炮而紅也說不定！」

「謝謝鼓勵。」這些女孩的心地不錯，若非在練唱室已經消耗掉太多精神體力，只想安靜吃完餐點就離開，他應該會跟歌迷們多多互動。

女孩們輪流跟穆丞海說了加油，然後笑著走開。

「不錯嘛，演得很自然！你不會是常常這麼做吧？」

見四周人潮不再注意自己，穆丞海壓低音量說：「徐立展老師，求你發個善心，能不能暫時放過我啊？我真的不想一天到晚都看到你。」

晚上出現在他家也就算了，白天在練唱室還要接受他的荼毒，就連現在這種休息時間，徐立展還繼續纏著他不放。

「我是為了專輯品質著想，監督你的生活作息，這麼用心良苦你還有什麼好抱怨的？」

穆丞海斜睨了徐立展的方向一眼。

講得好聽是為了專輯品質，其實只是想要催促他利用練唱空檔，去釐清車禍的疑點吧！

「你什麼時候要開始調查我車禍的疑點？」

看吧，果然提起了。

「徐立展老師，你的車子要真的是煞車出問題，被人謀害身亡，警方早就查出來了，不用等我問，媒體自然會二十四小時追蹤最新進度。」

到現在還靜悄悄地沒任何動靜，可見徐立展老師只是單純發生意外吧。

徐立展原本還想駁斥穆丞海的說法，卻被速食店外的景象轉移了注意力，穆丞海也發現古怪之處。

「那不是剛剛那群女孩子嗎？」隔著落地窗，穆丞海看見那群女孩站在速食店外頭，和一個戴著運動帽的中年男子交談，兩邊的穿著打扮差異很大，看起來實在不像朋友，「他們好像在進行交易？」

穆丞海本來還猜測是不是撞見援交，想衝出去阻止，但他隨後看見戴著運動帽的中年男子將一疊紙狀的東西交給女孩們，應該跟援交無關，決定先觀察一下情況。

女孩們在拿到東西後，將一疊鈔票交給中年男子，對方點收起來。

「是買什麼東西？金額太大了吧！」看起來應該有好幾萬塊。

「那個男的看起來有點問題，不像什麼正派人士。」徐立展用他豐富的社會歷練分析道。

還是去問一下好了，就這麼離開的話，實在放不下心。穆丞海迅速吃完桌上的食物，然後將包裝紙與飲料杯收拾好丟進垃圾桶後，跑出速食店。

「等等！妳們剛剛是不是買了什麼東西？」

女孩們正要離開，被穆丞海一把攔了下來，他還是裝著那副沙啞難聽的嗓音，因為心裡疑惑，臉色變得不太好看，再加上他的身材高大，對女孩們造成一股無形的壓迫。

雖然剛剛還跟對方有說有笑，但現在她們開始擔心起這個男生是不是有什麼不良企圖。

「是MAX演唱會的門票……」其中一名女孩回答。

「妳們買了幾張？」

「總共三張。」

「三張要多少錢？」

「……五萬多塊。」

「五萬多！」就算是最貴的搖滾特區定價也才三千六，三張賣到五萬多，價差太大了吧！

「票可以借我看一下嗎？」穆丞海壓下驚訝，裝出和善的樣子，想向女孩們借票過來看看。

「可以不要嗎？」女孩們露出戒備的眼神，開始往後閃躲。

「拜託，借我看一下啦！我也是MAX的歌迷，可是門票開賣那天F5都快被我按壞了，還是沒搶到票，我想看看門票長什麼樣子，過過乾癮。」

女孩們見穆丞海態度誠懇，又同是MAX的粉絲，便將票遞給他看，然後將手抓在他身上不放，深怕他拿了票就跑。

穆丞海也不急著掙脫，他將票一張張攤開，正反兩面都仔細檢查，包含浮水印、雷射標籤等等防偽措施也看了好幾遍，確認那些票是真的。

「謝謝。」穆丞海把票還給她們，並機會教育一番，「以後還是不要買這種黃牛票了，價格貴很多，又容易受騙。」

「不會被騙啦！我同學也是跟剛剛那個賣家買了六張票，還拿去恆亞售票確認過，是真票沒錯。」

女孩們正在興頭上，穆丞海說的話哪聽得進去，買到票後全開心地又叫又跳，轉身打手機到處去跟朋友炫耀了。

雖然勸說無效讓穆丞海有點悶，不過她們給了他一個重要訊息——那個戴著運動帽的中年男子，是一個擁有大量門票的賣家！

「丞海，剛剛賣票的那個男的坐進那輛寶藍色的廂型車裡了，快跟去看看，搞不好會有什麼收穫。」

跟？徐立展老師說的沒錯，只要知道對方是如何買到大量門票，就能確認有沒有違法交易。

但是他的車子停在立體停車場，從這裡走過去開車要二十幾分鐘，這樣廂型車都不知道開去哪了……看來只能搭計程車追了。

穆丞海左右張望，然後朝一輛顯示「空車」的計程車舉起手。

那輛計程車馬上切換車道，在他面前停妥，穆丞海開門坐了進去，徐立展也立刻跟上。

「先生，要去哪裡？」司機按了下計價跳表的按鍵。

「跟著前面那輛寶藍色的廂型車。」

跟車？聽到不尋常的指示，司機從後照鏡瞄了一眼穆丞海，然後問：「是那輛車號XXXXX的寶藍色廂型車對吧？」

「對，就是那輛，別跟丟了。」

「沒問題，安全帶繫好，抓緊囉！」在引擎轟隆有力的轉動聲後，計程車以極快的速度衝了出去。

東門商圈來往的車子很多，即使計程車司機想用時速破百的氣勢往前衝，但沒幾秒後，還是得乖乖塞在車陣中。

唯一欣慰的，是對方的寶藍色廂型車也困在其中。

「先生是要去抓猴嗎？」

計程車內放著地下電臺那種邊播老歌邊賣藥的廣播節目，司機悠閒地跟著哼唱幾句後，主動找話題攀談。

「啊？」抓猴？是指去抓外遇對象那種抓猴嗎？「……不是。」他看起來像是要去抓外遇的人嗎？

「喔……」司機透過後照鏡偷偷瞄了穆丞海一眼，看起來似乎不相信他的說法，不過既然客人不想說，司機也識趣地止住話題，隨著電臺音樂哼起歌來。

一曲播畢，當新的歌曲前奏剛下，穆丞海突然大叫。

「這首歌我很熟，是孫谷玉的〈春暖花開〉！」而且，還是徐立展老師專輯裡翻唱的老歌之一，只是他們今天需要討論的歌曲沒有這首，所以沒機會見到孫谷玉前輩，真的好可惜。

孫前輩年輕時可是選美冠軍，後來成功從模特兒轉型歌手，還拿過銀翼金曲獎最佳女演唱，即使老了依舊風韻猶存，人美心也美，待人和善，常做公益，只可惜他們在演藝圈發展的時間沒接上，在MAX出道前幾年她就因病去世了。

聽穆丞海這麼說，司機的興致也來了，「先生你也熟老歌啊，要跟著唱看看嗎？」司機說著，騰出手將麥克風遞給穆丞海，現在的計程車攬客不易，總會想一些噱頭來增加自己的特色，像這部就在車上加裝了卡拉OK設備，讓乘客搭車時不至於太過無聊。

當然好啊！身為一名歌手，有人想聽他唱歌，當然是最開心的事了。

「運將先生想聽孫谷玉的版本嗎？」

「還有其他版本喔？」

「有啊！」有一個穆丞海版的，只是還在錄製階段，沒有公開。

徐立展老師坐在計程車後座，瞪著穆丞海。

他現在是打算在這裡演唱錄製中的曲子給別人聽嗎？專輯還沒發行，有點自覺的藝人都知道要保密吧！

完全不理會徐立展的殺人眼神，穆丞海跟著廣播唱了一小段，動聽的歌聲，讓計程車司機拍手叫好。

「哇，先生你的歌喉不錯耶！而且，這首歌我聽了十幾年，還是第一次聽到有人這樣唱，感覺很新鮮，很好聽捏！」

「是喔，運將先生你聽了十幾年喔！那應該對這首歌很有研究吧？我剛剛唱的有沒有缺點？有哪裡需要改進嗎？」聽眾的回饋是精進演出的重要方式之一，穆丞海把握機會問。

「缺點喔……我是不知道怎樣算缺點啦！聽孫谷玉唱，會覺得人生很悲情，失戀太痛苦，可是聽你唱會覺得人生還是很有希望，悲情歸悲情，不過失戀好像也不算什麼，不用太過在意，開心生活最重要。」

「哈哈哈，運將先生，你這樣稱讚我會不好意思啦！」覺得自己的歌聲有鼓勵到人，穆丞海開心地笑了起來。

徐立展白了穆丞海一眼，司機是在說他感情詮釋得不對吧！

司機對音樂不夠專業，沒意識到自己的話是什麼意思，聽話的穆丞海也完全狀況外，兩人沉浸在自己的世界裡，像找到知音一樣，繼續愉快聊著天。

「不過，這位先生，你是不是沒有談過那種刻骨銘心的戀愛啊？或者沒有經歷過那種被甩掉、劈腿、被好朋友搶走女友，遭到徹底背叛的那種戀愛？」

呃……運將先生怎麼突然這樣問？

「是沒有啦……」他只有在國中的時候偷偷暗戀過同班同學。

「喔，那難怪啦！真正愛到底後的失戀是很痛的耶！所以孫谷玉的〈春暖花開〉才會那麼悲傷，每次聽都讓我想起那個該死的初戀女友！」說著說著，司機的聲音哽咽，眼淚好像快要掉下來。

「不過，你等下抓猴抓到後，應該就能體會那種感覺了，看到心愛的人跟別人躺在床上，啊～～多麼痛的領悟！」

「那輛寶藍色廂型車快要看不見了！」見他們一來一往聊得開心，完全忘了原本的目的，徐立展只好在一旁冷聲提醒。

對吼，他們是要跟蹤那個大量賣票的賣家才坐上計程車的！

穆丞海趕緊問司機：「運將先生，跟這麼遠沒關係嗎？」

寶藍色廂型車離他們越來越遠，計程車司機卻特地變換到車輛比較多的車道上去。

「放心啦！那輛車的顏色、車款還有車牌號碼我都記下來了，不適時拉遠一點，很容易被對方發現。」

見穆丞海還是一臉懷疑，司機繼續解釋道：「你稍微去打聽一下就知道，我在計程車界可是小有名氣，人稱抓猴黃，很專業啦！我幫抓過的猴不計其數，很多有錢人的太太都會包我的車，指明要我去幫抓捏！我跟徵信社也有合作，你今天能在路上攔到我的車，算你運氣好。」

開計程車抓猴，還有異業合作是怎麼回事？

而且，都說了他不是要去抓猴！

「抓緊囉！」不給穆丞海解釋的機會，司機突然大喊，伸手關掉廣播，按了一下CD播放鍵，車內馬上傳出重低音的電影配樂。

然後，在音樂聲中，司機發揮開計程車訓練出來的搶車道功力，快速在車陣中穿梭，不用多久就縮短距離，又來到那輛箱型車後頭。

兩輛車子在馬路上繼續前進。

二十分鐘後，雖然繞了很久的路，最後他們還是回到東區商圈的附近。

穆丞海看見對方拐進一棟豪華別墅，房子四周圍牆高聳，好幾個穿著黑色西裝的壯碩男子在門口處站崗，戒備森嚴。

司機相當機靈，見狀馬上將計程車停在稍遠一點的陰暗處，並熄了火。

「先生，前面那是青海會捏……原來你跟蹤的對象是青海會的人喔！」

「青海會？」

「對啊，就是那個從黑道漂成白道的青海會，但其實他們根本還是黑道中的黑道。」司機刻意壓低音量，製造懸疑氣氛。「我是不知道他們幹過什麼壞事啦，反正黑道就是盡幹壞事嘛！不過這裡只是青海會的一個小據點，是一個叫做鄭凱的組長的住處，本部在另一個地方……」

運將見穆丞海不說話，輕輕推了他一下，「唉唷，先生你很會裝捏！聽我說那麼多也不拆穿，還讓我繼續講，其實這些消息你都知道吧？看你天都黑了還戴墨鏡，一定是便衣刑警吼？」

「咳……咳……」司機的推測太過誇張，穆丞海被自己的口水嗆到，猛咳起來。

「我載客載這麼久，還第一次參與這種跟蹤黑道、打擊犯罪的行動捏！吼吼，跟電視上演的警匪片一樣，有夠刺激的。」

穆丞海無奈地想，司機大哥，你的想像力也太豐富了！

「我叫黃善保。」司機伸手彈了下他放在擋風玻璃前的計程車駕駛執照，然後抽出一張名片，遞給穆丞海，「長官，破案後寫報告，記得把我這個優良市民的名字寫上去捏，警民合作、警民合作！」

說著，握住穆丞海的雙手，用力又熱切地晃了幾下。

穆丞海嘴角抽了下，再聊下去怕沒完沒了，他掏出車錢交給司機，道了聲謝後趕快下車，往「青海會」據點的房子跑去。

「現在要怎麼辦？」穆丞海站在樹蔭下，抬頭看著高聳的圍牆，一籌莫展，「還是報警好了。」

說著，從口袋裡掏出手機，就要撥打。

「報警？難怪豔青總說你傻，你要用什麼理由報警？就算青海會進行非法賣票，我們也沒有證據啊。」徐立展翻著白眼，對穆丞海總是處於狀況外的個性甘拜下風。

「也是……」穆丞海將手機放回口袋。

「不然，混進去看看吧。」徐立展建議。

都跟蹤對方到這裡了，不做點事情好像也說不過去。

「混進去?!徐立展老師，這是青海會據點耶，你剛剛沒有聽到運將先生怎麼說的嗎？他們是黑道中的黑道！而且門口有保全，牆壁上都是監視器，我要怎麼混進去？」

「這我就不知道了，你自己動腦想吧！現在出問題的是MAX演唱會的售票吧？說穿了也不關我的事，我願意陪你過來已經算仁至義盡了。」

可惡，撇得好乾淨。

「徐立展老師，不然你先飄上去，摘片樹葉擋住監視器，我再翻牆進去如何？」仔細觀察四周後，在這節骨眼上，穆丞海只能想出這個辦法。

雖然這面圍牆的高度要攀上去有點困難，但他的運動神經發達，拚一下也不是辦不到。

至於翻進去後的行動……等進去後再見機行事吧！

徐立展聽完後，點了點頭，飄到圍牆上，卻悠哉地坐著，翹起二郎腿，對著底下的穆丞海說：「但是，我為什麼要幫你？」

「徐立展老師，拜託啦！」穆丞海雙手合十，哀求道。

「我請你幫我調查死因疑點，到現在也沒見你有動作，現在卻要我回頭幫你……讓我考慮看看，這樣好像有點吃虧……」

吼！真的很愛計較耶！

穆丞海剛想再諂媚一下，求徐立展幫他，就見對方突然摘下一大片樹葉，擋住監視器鏡頭，對著他喊：「快翻上來！」

「啊？」

「快點，我看到炎勛的車子在裡面！」

什麼嘛，原來是看到蔣炎勛的車，他還想徐立展老師怎麼會突然善心大發要幫他！

「喔……好啦……」

穆丞海往後退了幾步，藉著助跑產生的加速衝力，蹬牆翻了過去。

運氣很好，落地的院子附近並沒有人，也沒有凶狠的大狼狗衝出來。穆丞海觀察四周，發現主屋側邊有扇窗戶沒關，他壓低身子潛了過去，聽見裡頭有說話的聲音傳出。

「凱哥，這是今天賣出去的門票收款，總共是五十萬，目前累積賺了四百七十八萬，我們手上只剩三十幾張門票，不過都已經談成交易，只是還沒去收款。」

「哈哈，不錯不錯，這檔生意真的有賺頭，想不到MAX的門票這麼熱銷！一張門票翻了不只兩、三倍，竟然還一堆人搶著買，早知道當初就多弄幾張！」

聽到談話的內容跟演唱會門票有關，穆丞海趕緊拿出手機，切到攝影模式，從窗口偷偷伸進去，想碰運氣看能不能拍到什麼犯罪證據。

「凱哥，沒事的話我就先回去了。」是蔣炎勛的聲音。

「欸～別急著走嘛！蔣炎勛，我一直很想問你一件事，你的舅舅徐立展，是被你害死的吧？」

「凱哥你別亂說！」蔣炎勛的聲音聽起來有些慌張。

「難道不是嗎？你才剛跟我拿安眠藥，說要給徐立展下藥，好去盜取他的作品，結果徐立展馬上就出車禍。警方說是疲勞駕駛，其實是因為當天你讓他吃了安眠藥吧？」

屋內陷入短暫沉默。

「凱、凱哥，要是沒別的事，我先走了，晚點還有通告。」蔣炎勛的聲音再度響起，語氣依舊慌張。

接著是開、關門的聲響，穆丞海趕緊把手機收回來。

好像聽到了非常不得了的事，徐立展老師的車禍……是因為蔣炎勛下了安眠藥?!

徐立展老師很疼蔣炎勛這個外甥，聽到剛剛的對話應該很難受吧！

穆丞海盯著手機，一想到自己錄到的東西可能會讓徐立展老師心碎難過，手機霎時變得像燙手山芋一樣，他匆忙將它塞回口袋，想要假裝沒這回事。

穆丞海看著蔣炎勛的車子駛離別墅，心裡突然沒了繼續追查門票的衝動。

此時左邊肩膀突然被拍了一下。

穆丞海聳聳肩，沒理。

肩膀又被拍了一下，這次穆丞海不耐煩了，小聲抱怨道：「徐立展老師，現在身處敵營耶，別鬧我了啦！」

「你在說什麼？」徐立展的聲音從遠處的圍牆上傳來。

咦，那是誰在拍他的肩？

穆丞海驀地回頭，背後站著兩個塊頭高大的黑衣人，正凶惡地瞪著他。

這下糟了！

「哇，瞧瞧這是誰？MAX的當紅主唱穆丞海耶！我才想說要找個時間去登門拜訪，想不到你先主動過來了。」

青海會的組長鄭凱，朝旁邊彈了個響指，馬上有人遞上一根高級雪茄，並替他將火點上。

穆丞海被兩個黑衣人架著，動彈不得，鄭凱走近他，雪茄的煙噴吐在他臉上，嗆得他別過臉直咳嗽。

「你來找我的原因，跟我要去找你的原因，是一樣的嗎？」鄭凱的聲音充滿狠勁，卻故意講得很輕鬆，搞得穆丞海一顆心七上八下。

「咳……咳……」穆丞海根本不知道鄭凱為什麼要去找他，但是他來這裡的原因可不能輕易透露，萬一打草驚蛇，讓他們有時間毀滅證據就糟了，「我沒有事要找你。」

「好吧，你不肯說也無所謂，那我先說說我的事好了。我這個人呢，最愛跟大明星合作，像是蔣炎勛，我們合作得很愉快，但他也差不多沒什麼油水撈了，倒是你們MAX，現在可是正紅！」

鄭凱拍了拍穆丞海的臉頰，笑得邪惡，「只要你肯聽話，幫我的忙，少不了你的好處。」

「殺人放火的勾當我不幹！我也不會去幫你逼良為娼之類的！」穆丞海斬釘截鐵地回絕。

「哈哈，你倒是先幫我把事情都想好了嘛！不過，不用這麼費力，我要MAX做的事很簡單，只要你們在排行榜上多配合一下，或是在我的指示下加辦幾場演唱會等等，很輕鬆的。」

「我才不要幫你！不管是多輕鬆的事，我都不幹！」

穆丞海學電視上常演的那樣，朝地上吐口水表達內心的不屑，本來只想做做樣子，虛張聲勢，但不巧口水剛好落在鄭凱的鞋子上，這下徹底挑釁到他了。

「別敬酒不吃吃罰酒，難道真要我動粗了才怕？」鄭凱揪住穆丞海的衣領，狠瞪著他，大有把雪茄往他皮膚上燙的態勢。

「我才不怕你！就算你現在說要殺了我，棄屍荒郊野外，我也不會妥協。」好吧，既然已經在人家的地盤上惹怒人家的頭頭，就豁出去吧！反正他也活不了多久了，與其苟且偷生和黑道掛勾，還不如光明磊落地死去。

見穆丞海神色相當堅決，怕是真的將他打掛了他也不怕，於是鄭凱壞心地笑了下，轉而對身旁的手下使了個眼色，對方馬上點頭領命，退出房間。

「你有膽識，不錯。噢，對了，你的那個搭檔，叫什麼來著……啊！歐陽子奇是吧？我沒記錯的話，好像還是歐陽集團的大少爺嘛！你知道青海會以什麼聞名嗎？呵呵，是天不怕地不怕喔！不管是什麼政商名流，青海會都敢得罪。」

鄭凱邊說邊走到沙發坐下，好整以暇地看著穆丞海，「知道剛剛離開的那個人去做什麼嗎？我的手下，正準備好好招呼你的伙伴喔。」

聽到鄭凱的話，穆丞海臉色鐵青，氣急敗壞大吼：「鄭凱！你有什麼不滿衝著我來，不要動到子奇身上，你聽見沒有——」

鄭凱充耳不聞，拿起雜誌開始翻閱，任憑穆丞海怎樣叫喊都不為所動。

過了十幾分鐘，那名離開的手下走了進來，手裡握著手機，正在和不知名的人通話，此時穆丞海的聲音都吼啞了，鄭凱卻理都沒理他一下。

「好……嗯……我這就跟凱哥回報。」手機掛斷後，那個手下向鄭凱報告，「凱哥，事情辦成了，歐陽子奇車禍，現在被送到聖心醫院了。」

「車禍！」鄭凱聽了之後，罵了句粗話，整個從沙發上跳起來。

「車禍……」穆丞海簡直不敢相信自己聽到了什麼。子奇出車禍？這是開玩笑，故意嚇他的吧？

鄭凱怒氣沖沖地走到那名手下面前，舉手就往他的後腦勺打下去。

「我要你去警告他，做做樣子就好，結果你們把他弄到車禍送醫院！萬一掛點了怎麼辦？演唱會要是取消，那些票要賣給誰？你買嗎？幾十萬你買得起嗎？」

看到鄭凱的反應，穆丞海臉色都白了。

他們不是開玩笑的，子奇真的出了車禍……

子奇要是有什麼三長兩短，他會一輩子過意不去的！

得趕快過去醫院才行，沒親眼確認狀況，他無法安心……穆丞海看向徐立展，這裡的人都看不見他，徐立展是他逃出去的唯一機會。

瞭解事情的嚴重性，徐立展也不再浪費時間，從酒櫃裡抓了幾瓶酒精濃度較高的酒，直接砸在窗簾上，然後用打火機將其點燃，瞬間濃煙竄起，火焰越燒越旺。

「怎、怎麼會突然有火……喂，失火啦！快跑！」屋內的人大聲嚷著。

鄭凱的手下趕緊護著他離開，有人跑去拿滅火器，有人撥打一一九。

趁著混亂，穆丞海掙脫箝制，逃了出去。

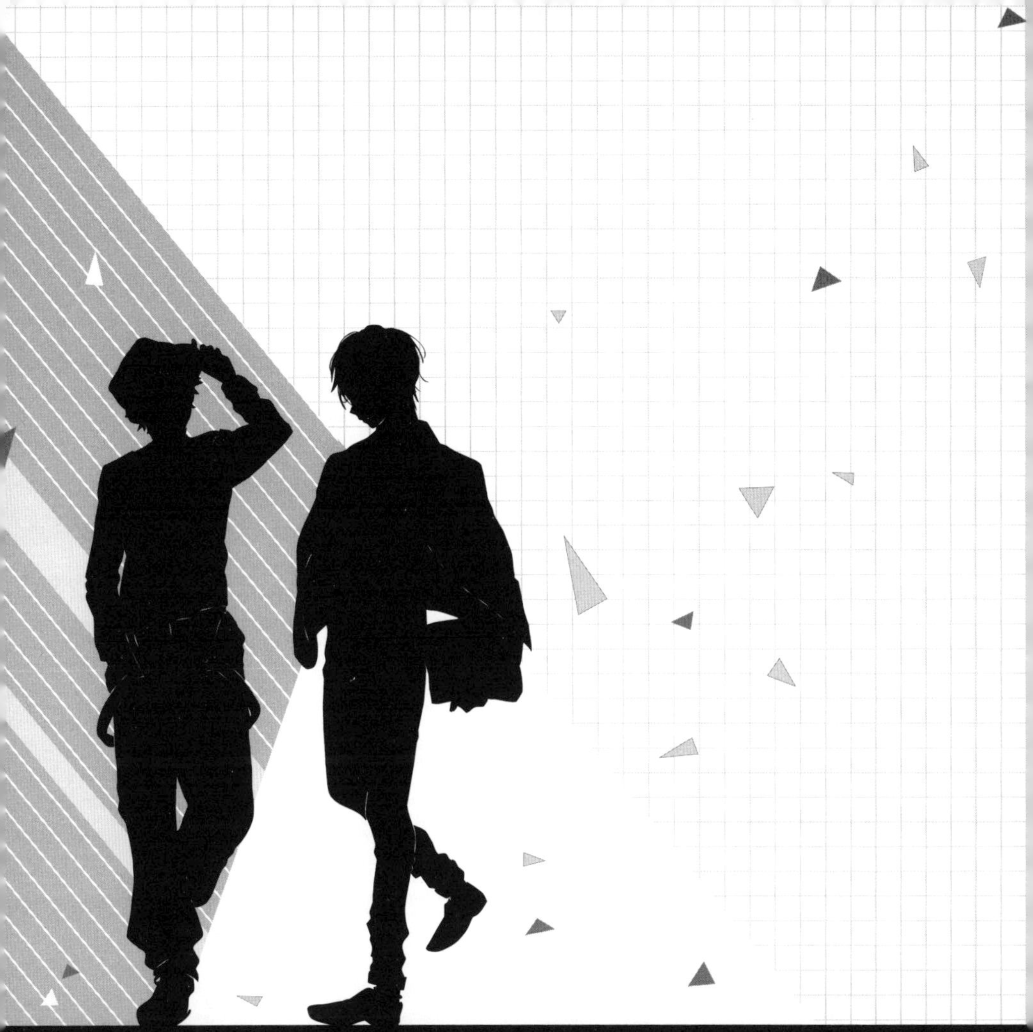

Chapter 5

歐陽子奇之死

當穆丞海趕到聖心醫院時，歐陽子奇車禍的消息已經曝光，數臺SNG車與記者在醫院外頭守候，見穆丞海出現，全蜂擁上前想要採訪，但他現在根本無心接受訪問，也堆不起笑臉應付，只能低著頭通過人群，火速衝進醫院。

MAX的經紀人楊祺詳遠遠就看見他了，趕緊上前將他帶往醫院目前被管制的樓層。

「子奇正在動手術。」

「情況怎麼樣？」

「我也不清楚，子奇被救護車送來時已經呈現昏迷狀態，渾身是血，醫生直接將他轉送進手術室，正在做進一步處理。」楊祺詳的聲音發顫，但在穆丞海面前，他還是努力表現出鎮定。

兩人來到手術室外頭。

收到歐陽子奇出車禍的消息，好幾個關心他的人都趕來，像是何董、唐樂初、經常合作音樂的阿德、Joe、子奇的前未婚妻夏芙蓉、夏芙蓉現在的男朋友丹尼爾・

布魯克特，當然還有子奇的父親歐陽奉。

「小海……」看見穆丞海走過來，阿德和 Joe 站起來跟他打招呼，但穆丞海只無力地擺了擺手當作回應，找了張離大家最遠的椅子坐下，將頭埋在雙膝之中。

「怎麼會這樣？子奇開車技術一向很好，不可能會自己開車去撞圍牆的，嗚嗚……」夏芙蓉聽到歐陽子奇在動手術，哭倒在丹尼爾的懷裡。

「寶貝，別難過，子奇會沒事的。」丹尼爾・布魯克特輕拍她的肩安慰道，並對穆丞海投以擔憂的眼神，如果歐陽子奇真有什麼三長兩短，穆丞海受到的打擊肯定不亞於在場任何人。

「董事長，醫院裡最好的醫生都在裡頭給少爺急救了，請您放心。」聖心醫院是歐陽家出資設立的教學醫院，歐陽子奇車禍被送過來，院方自然不敢怠慢，由院長親自向歐陽奉說明。

歐陽奉在走廊上焦急地來回踱步，並沒有因為院長的保證而放心，他命令院長：「去把醫學研究機構的那些教授也叫來待命！」

「是。」雖然心裡知道沒必要，但董事長護子心切他能理解，院長鞠了躬後，匆忙離去。

穆丞海的腦袋亂烘烘，現場的人在做什麼，他無心注意，有人走過來跟他說話，他也完全沒聽進去。

他的腦袋裡只想著一件事。

如果他答應鄭凱的要求，或先想辦法敷衍他，而不是卯起來跟他對嗆，或許子奇就不會出車禍了！

為什麼他老是這麼衝動呢？闖禍了，還要別人幫他收拾善後。就連追查自己親人的事，也要等到院長提醒他，才恍然大悟自己正在把好朋友往危險裡推。

子奇的父親說得很對，要是沒有他在，子奇絕對會活得更好，音樂事業的發展會突飛猛進，比現在更大紅大紫，人生也會更順遂。

「你振作點，別想太多，我進去手術室內看看狀況。」見到穆丞海頹喪的模樣，徐立展心裡有些過意不去，會有這樣局面，也是因為他看見炎勛那孩子之後心急，沒想好對策就要求穆丞海進去造成的。

徐立展嘆了口氣，拍拍穆丞海的肩，稍微表達安慰後，便穿過手術室的門，飄了進去。

穆丞海抬起頭，眼眶泛淚。

他也很想進去看子奇，但進去了又如何？他什麼忙都幫不上，就像一直以來他跟子奇相處的狀況，子奇的事，他什麼忙都幫不上。

盯著手術室的門，穆丞海只能誠心祈禱。

子奇會沒事的……會沒事的……

不知過了多久，歐陽子奇的手術終於結束，他被轉往單人ＶＩＰ病房，大部分探視的親友都被醫生以「病人需要好好休息」為由給請了回去。穆丞海則是堅持留下來照顧歐陽子奇，說什麼也不肯離開，醫生拗不過他，在歐陽奉也默許的情況下，只好答應。

病房內，穆丞海坐在床邊，看著還沒醒來的歐陽子奇，心裡非常難過。

子奇的額際被紗布覆蓋，整隻左手全被繃帶包起，面無血色，穆丞海握住他的手，感覺他的體溫很低，摸起來特別冰涼。

病床四周擺滿儀器，有些是維生系統，之前小楊哥的兒子車禍住院時，他曾經看過，還有很多他不知道用途、但看起來很先進的精密機器。子奇身上只有點滴插管和監測心跳的儀器，其他都只是在現場備用。

雖然沒使用，但光看到病房內滿是儀器的景象，就不免憂心歐陽子奇的狀況，是不是因為隨時會有生命危險，才會需要這些儀器備用，穆丞海甚至懷疑心電圖上安穩的生命跡象只是假象。

楊祺詳走進病房，向穆丞海說明歐陽子奇的傷勢。

「醫師檢查完，說子奇沒什麼大礙。頭部有輕微創傷，沒有腦震盪的跡象，最主要傷勢是左手，撞車時擋風玻璃全碎了，子奇用左手去護住臉部，所以玻璃碎片全插在他手臂上。醫生覺得子奇差不多要醒了，只是不知道為什麼還在昏迷，要繼續觀察。」

「真的沒傷到腦部嗎？該醒沒醒不就表示子奇的身體還有狀況？」穆丞海激動起身，有點歇斯底里，「我去叫醫生來，請他們再做一次更仔細的檢查！」

「小海，你冷靜一點，子奇只是車禍加上剛動完手術，休息一陣子就會沒事的，這裡是子奇家的醫院，醫生絕對會盡全力治療他的。」

穆丞海點點頭。也是，就算他沒去找醫生，子奇的爸爸也會特別叮囑醫生要好好照顧子奇。

「小楊哥，我要留下來陪子奇，直到他醒來。」

看著穆丞海憔悴的模樣，楊祺詳有些猶豫，但這種情況硬要他回去，只會讓他更煎熬吧！

「好，今天就麻煩你留下來了，不過你自己也要找時間休息，演唱會開唱在即，你們都必須養好體力，別累倒了。」

「嗯，我知道。」

「唉……其實，現在也不知道演唱會能不能如期舉行，要是子奇一直沒醒來，演唱會恐怕就得取消了。」

「不會取消！子奇的責任感那麼重，既然已經允諾歌迷要開演唱會，就絕對會在演唱會開唱前醒來的！」

楊祺詳拍拍穆丞海的肩，又安慰了幾句才離開。

晚一點他還要召開記者會，跟大家說明子奇的情況，想來就頭痛啊……何董竟然要他隱瞞子奇還在昏迷的事，擔心要是子奇沒醒的事曝了光，很多人會把演唱會的門票退掉，造成公司損失。

依何董的個性來看，要是子奇一直沒醒來，到時就算只有小海一個人，也會如期舉辦演唱會吧！

楊祺詳離開之後，VIP病房裡只剩穆丞海和歐陽子奇，空間變得異常安靜。

穆丞海看著好友，想到是自己害他受傷，眼眶又紅了，「子奇，你一定要平安無事，就算不是為了我，也要想想那些支持我們的歌迷，他們是那麼期待看到演唱會表演，還有我們說好要讓全世界都聽到你做的音樂，MAX現在才正要開始起飛，你絕不可以就這樣倒下……」

穆丞海還在傷心難過，此時徐立展飄進病房，身邊還跟著另一個鬼魂，他們一路上交談著，熟悉的聲音吸引穆丞海的目光，結果被眼前所見駭得驚慌失措。

「子奇，你、你……」

為什麼你的靈魂和身體是分開了啊！

「先別驚訝這個。」歐陽子奇和徐立展在VIP病房內舒適的沙發坐下。

他們的談話已經進行了一段時間，徐立展將目前狀況統整給歐陽子奇知道，包括他們在青海會的據點看到蔣炎勛，以及鄭凱想要威脅穆丞海幫他們做事，穆丞海不肯，於是鄭凱一怒之下就派手下去找歐陽子奇麻煩。

「難怪當時那兩輛轎車一直逼車。」歐陽子奇交疊起雙腿，神色自若地像是他根本沒出車禍一樣，「從目前線索看來，或許徐立展老師的車禍、MAX演唱會異常的售票狀況，都跟青海會……還有蔣炎勛脫不了關係。」

不知道徐立展是不是還盲目地護著蔣炎勛，歐陽子奇在講最後那句話時，瞄了下徐立展，暗地觀察他的反應。

徐立展也明白歐陽子奇的意思，異常乾脆，「不用顧忌我，想講什麼就直接講，我也很想知道炎勛那個孩子到底怎麼了，為什麼會跟青海會牽扯那麼深？」

該寵就寵，該罰則罰，是他一貫的對待方式。

在瞭解事情經過後，歐陽子奇迅速冷靜地分析目前狀況，讓這幾日來跟著穆丞海行動的徐立展覺得他可靠多了。

「事情總是要解決的，不如這麼做……」歐陽子奇附在徐立展耳邊，想將自己的計畫告訴他。

「你們不要自己偷偷咬耳朵！」默默盯著他們交談好一會兒，穆丞海有股被排除在外的不舒服感，也顧不得現在是在醫院，氣急敗壞地大喊，「子奇，你要跟徐立展老師說什麼？我也要知道！」

「這件事很危險。」歐陽子奇皺眉，這也是為什麼他刻意壓低音量，「你不要牽扯進來比較好。」

自己和徐立展目前都是處於鬼魂狀態，行動起來比海方便，更何況，他可不想又多一個人變成跟他們一樣，魂魄和身體分離。

「不要牽扯進去？」穆丞海氣得站起來，「難道這件事跟我沒關係嗎？好吧，徐立展老師的車禍或許真的跟我無關，但我也是MAX的一員，青海會怎麼買到大量門票這點還沒釐清，這總跟我有關了吧！」

「MAX的事我會處理。」歐陽子奇擺明不想讓好友插手。

「夠了！別再瞞著我默默做事了！我不是溫室裡的花朵，不需要被人捧著保護！找親人的事也好，演藝圈的事也罷，我都可以面對，也會承擔！」穆丞海深吸一口氣，受到歐陽子奇車禍受傷的衝擊，壓抑的情緒整個爆發出來，他大吼道，「歐陽子奇，你到底有沒有把我當朋友？」

「你在發什麼神經？」歐陽子奇也火了，臉色陰沉下來，「問我有沒有把你當朋友？我要是不把你當朋友，他X的為你做那麼多事？穆丞海，你自己判斷，這樣是不是不把你當朋友！」

向來維持優雅貴公子形象的歐陽子奇竟然飆了髒話，嚇了穆丞海好大一跳。

子奇是真的生氣了，還是盛怒狀態。以往歌曲沒唱好，他發怒的樣子就已經夠讓自己害怕了，但和此刻相比，簡直是小巫見大巫。

可是穆丞海已經起了頭，如果現在不說清楚，以後恐怕不會有勇氣再說一遍，於是他硬著頭皮，繼續表達自己真正的想法。

「這不是朋友！」穆丞海強調。

原來自己的真心付出，在對方心裡卻不認為他們是朋友嗎？歐陽子奇氣得握拳，往穆丞海逼近幾步。

好可怕、好可怕！身體不禁想往後退，但他絕不能退縮。穆丞海心一橫，繼續說，「朋友是互相坦白不藏心事，朋友是有困難時互相幫忙，朋友是……遇到危險時，並肩作戰，共同克服！」

是的，他想跟子奇一起面對危險，分擔他的煩惱，盡一份心力，共同解決問題啊！不是像現在這樣，當個只會撿現成好處的人。

「說得非常好，互相坦白不藏心事？你自己有做到嗎？」歐陽子奇反問。

呃……穆丞海愣住。

「在陰陽眼危急你的生命前，你明明就非常想知道自己的親人是誰。到頭來，卻一個人悶在心裡偷偷想，你有跟我坦白過嗎？」

那是因為……穆丞海想解釋，卻在好友銳利的目光下，找不到適當話語反駁。

「院長說你的親人可能會招來危險，你就馬上用我的安危來當藉口，跑去一旁龜縮著，放棄尋找親人，這就是你說的共同面對？」

那也是因為……穆丞海絲毫沒有插話的機會。

「真好笑，這就是你對待朋友的方式？還是你的朋友定義，是只准你為我著想，卻不准我為你著想？」

「好，停——！」穆丞海舉起雙手，制止他再說下去。

可惡，怎麼吵到最後又是自己理虧。

「那我們現在重新定義『你』跟『我』這個『Team』的相處方式。」

穆丞海一手貼住胸口，鄭重地說，「我保證，以後我有什麼事一定會告訴你，包括我的煩惱、心事，大到我在工作上遇到了什麼問題，小至我進廁所大便的形狀，統統都告訴你，不再隱瞞。」

「嗯。」，歐陽子奇點頭同意，「但是你大便是什麼形狀這點，我沒興趣。」

唉唷，他只是打個比方嘛！穆丞海白了歐陽子奇一眼，繼續說。

「而你，以後也不能凡事都想先幫我擋下來，尤其是演藝圈的黑暗面，我已經是這裡頭的一分子了，沒有人下了海還擔心衣服濕的啦！我要知道演藝圈最真實的樣子，然後面對它。」

這個要求，歐陽子奇猶豫了。

「我保證我不會因此學壞，也不會因為碰觸了太多黑暗面，對演藝圈或是對人生絕望。」見歐陽子奇沒有馬上答應，穆丞海趕緊保證。

歐陽子奇聽了之後，還是不太願意讓海接觸這些事。

海心地很善良，個性單純到不可思議，完全是應該列入保護類生物的等級，讓他捨不得這樣稀有美好的本質遭到改變，這是自己在將他拉進演藝圈後，極力避免發生的事。

「歐陽子奇，我們現在要討論及解決的問題，就是你這種『保護過度』的態度。」穆丞海加重語氣，「換個立場想，如果今天我是你，你是我，你也不想看到我為了保護你，什麼事都搶著幫你做，卻不讓你知道吧？」

跨出向子奇發飆的第一步後，要在與他意見相左時堅定說出自己的想法，似乎也沒那麼困難了。

歐陽子奇沉思。是的，換作是他，確實不希望穆丞海為了保護自己而事事隱瞞。只是這個假設很爛，以他的能耐，危險來時立刻就解決了，不可能還有機會讓海為他擋刀擋槍。

「好吧，我答應你。」歐陽子奇伸出手，「以後不管什麼事，都共同面對，並肩作戰。」

「並肩作戰！」穆丞海也伸出手，與子奇擊掌。

喔耶！穆丞海在心中吶喊，真是太熱血了！終於讓他等到這一刻，可以跟子奇肩並肩，衝到最前線，見神殺神，遇魔砍魔了！

「不過你還滿扯後腿的，這個『Team』的前途堪慮。」歐陽子奇調侃。

壞透了！竟然嫌棄他！穆丞海一拳打在好友腹側，但完全沒有用力，純粹做做樣子。

「我會努力讓自己變強一點啦！你要知道，這個『Team』裡，你已經很強了，要你從八十分進步到九十分很難，但我只有六十分，要從六十進步到八十就容易多了，我的一小步就是『Team』的一大步！」

能把自己很弱這點說得如此驕傲不臉紅，除了穆丞海，還真找不到幾個人，讓歐陽子奇忍不住吐嘈他。

「你確定你的起跳分數有六十？應該是不及格吧！而且我的分數也不是八十，

再怎麼謙虛、或是顧及你的顏面而少算一點，也都有九十分。」

吼，很愛計較耶！「歐陽子奇，沒有人跟你說過你很小心眼嗎？」

「有，不過那些人的下場都跟我現在一樣，躺在醫院裡了。」

說到這個……

「子奇，你還不快點回到你的身體裡！」穆丞海終於想起來自己剛才驚訝的事，子奇的靈魂和身體還是分開的啊！

「不急，我還有件事想做。」

他曾經聽海說過，小楊的兒子楊佟宇車禍那時，也是靈魂出竅，但後來又順利回到身體裡，所以他暫時用靈體的狀態活動，應該無傷大雅。

「要做什麼？」穆丞海納悶，有什麼事會比回到身體裡頭更重要？

歐陽子奇沒有回答他，反而轉頭對著徐立展說。

「徐立展老師，麻煩你將其他專輯的原唱老師全部找來，我們進練唱室好好聊聊專輯的事。」

不會吧——都到這地步了，子奇還掛心專輯的事！

聞言，穆丞海的臉當場垮了下來。

「羅傑，你不錯嘛！上次竟然敢放我鴿子。」練唱室裡，徐立展翹著二郎腿語氣微揚，一臉山雨欲來風滿樓的模樣。

遭到徐立展放話的男性長相憨厚，個性老實，此刻與徐立展相隔了張桌子，正襟危坐。

豪華的練唱室裡聚滿鬼魂，在場唯一的活人只剩穆丞海，就連歐陽子奇也加入鬼魂行列。

稍早，穆丞海假借練習名義跟公司借練唱室時，嚇了同事們好大一跳，小楊哥直逼問他是怎麼了，竟然會主動練唱？還問他是不是因為子奇車禍給他太大刺激，整個人轉性了？

穆丞海聽了心裡有股小小的不滿，真是的，說的好像他平常很混一樣。

避重就輕搪塞了些理由，穆丞海拿了鑰匙就趕快逃進練唱室，以為這樣就可以躲避眾人懷疑的眼光，結果他忘了練唱室靠近走廊的牆面是一大塊透明玻璃，他在裡頭做了什麼事，外面全看得見，現在經過的人都會轉頭瞄向他，一副疑惑他一個人在裡面做什麼的樣子，弄得穆丞海很是尷尬。

「立展，別這麼氣啦！我很努力想趕過來了，可是、可是……」

羅傑和徐立展年紀差不多，幾乎是同時出道，只是羅傑離開人世的時間比徐立展早，所以外貌上比徐立展年輕一些，也是這個外貌的差距再加上彼此南轅北轍的個性，讓羅傑面對徐立展時，總有一股唯唯諾諾的恭敬。

「算了，你不用解釋，我們直接談正事，請你來是有事要交給你定奪。」

「定、定奪？」羅傑受寵若驚。

兩個霸氣外露的鬼魂直盯著羅傑，讓他不知所措起來。一個是當年叱吒風雲的「金牌製作」加「歌神」徐立展，另一個聽說是目前歌壇最有才華的「創作才子」歐陽子奇。

自己不過就是個小小的「一片歌手」，既不會作詞也不會作曲，更遑論彈奏樂器了，在這兩個大咖面前，他有資格定奪什麼？

「是關於〈華麗舞會〉這首曲子，我和子奇各有想法，我們想聽聽你的意見，看誰的詮釋方式最能表達你想傳遞的精神。」

徐立展和歐陽子奇的眼神對峙，相互較勁的電波在他們之間來回穿梭，心裡只想要對方信服自己的演出。

「上次只透過海來轉述，沒能親自觀賞徐立展老師的歌聲和表演，今天還請徐立展老師再『指導』一次。」

歐陽子奇畢竟是後輩，縱使要跟徐立展較勁，態度還是維持一定程度的禮貌，不過徐立展不領情，被稱作「才子」的人通常都有一股對創作的自信與堅持，徐立展不想浪費時間在客套上，直接了當地說。

「要我指導，沒問題！不過你要學習的不是歌聲而是『表演』，仔細看好囉！」

徐立展說完，站起身，開始唱起〈華麗舞會〉。

氣氛隨著徐立展的歌聲騷動起來，熱情瘋狂的舞會在徐立展誇張動作的烘托下，就像一場年度盛事，熱鬧非凡。

現場鬼魂聽得如痴如醉，身體隨著徐立展的歌聲擺盪，連第二次聽的穆丞海，也再次被徐立展的歌聲及奔放的表演方式震懾住。

「不錯、不錯！」羅傑聽完之後眉開眼笑，鼓掌叫好。

倒是歐陽子奇親眼見到徐立展說的「表演方式」後，更無言了。

原來所謂的——

「把握眼神跟眉毛的挑動，牢牢勾住觀眾的視線，手勢要誇張，走動要多一些，最重要的在最後四個小節的Ending Pose，滑步、轉身，然後單腳屈膝跪下。」具現化後是這麼回事。

他不禁吐槽，徐立展老師的表演也太花俏了吧！總覺得他演出時的背景，應該要有許多穿著孔雀開屏式衣服，頭戴羽毛冠，跳著熱情森巴舞的火辣女郎。

「輪到你了。」經過幾分鐘傾盡全力的演唱，徐立展氣息毫不紊亂，他坐回位置上，朝歐陽子奇努了努下巴。

「嗯。」歐陽子奇站起身，開始唱起他自己詮釋的〈華麗舞會〉。

一曲過後……

「好聽！」

「Bravo！」讚美聲四起，還有鬼魂直接吹起口哨。

「不錯不錯！」羅傑一樣拍手鼓掌。

「肢體動作還是太保守、僵硬了……」徐立展暗暗咕噥，對著羅傑說，「兩邊都唱完了。怎麼樣？誰的比較好？評吧！」

「都、都很好！」羅傑笑著說。

徐立展皺眉，顯然對這模稜兩可的答案不滿意，非得分出個高下，「羅傑，別想打混過去！」

「該怎麼說呢？你們的詮釋各有巧妙，但都是精彩的舞會，我無法評斷出誰好誰差，而且……我覺得根本不需要評。」

徐立展依舊不滿意他的回答，「那你倒是說說看，你心中的〈華麗舞會〉是什麼樣子？」

「我、我心中的〈華麗舞會〉，沒有固定的樣貌，我公開演唱這首歌無數次，每次想到的舞會都不太一樣，有時是幾個好朋友舉辦的生日舞會，有時是王公貴族的宮廷舞會，當然，慶典舞會、祭祀舞會也有。」

竟然連祭祀舞會都有，穆丞海嘖嘖稱奇，完全超出他的想像啊。

雖然羅傑提到，光是一首曲子就能夠受邀表演無數次，但他並非要炫耀自己，之所以能公開表演〈華麗舞會〉這麼多次，只是因為他能唱的歌就這一首而已。

「我、我只是想著，要讓所有來參加舞會的人，都有個愉快又盡興的夜晚，至於到底是怎樣的舞會，每個人的想像本就不同，也不是我表演時著重的地方。」

是啊，這才是專業歌手在演唱一首歌曲時，最希望能帶給聽眾的，帶領大家在聆聽時代入情感，好好享受歌曲。

在場的鬼魂都是頂尖歌手，對羅傑這番話自然心有戚戚焉，紛紛點頭表示贊同。

徐立展見狀，也明白自己堅持要評出高下的舉動沒什麼意義。

歐陽子奇的表演他也不是完全不滿意，只是……可能是比較心態與尊嚴作祟，想給這個年紀輕輕就表現傑出的後輩一個下馬威吧！

徐立展站起身，在經過歐陽子奇身旁時，還是忍不住又說了一句：「但我還是建議你的肢體動作要改一下。」說完，就獨自走出練唱室。

在親眼看過徐立展老師的表演後，歐陽子奇果斷地在心裡拒絕了。

絕、對、不、要！

Chapter 6

尋找真相遠征隊

練唱室外，沒人注意的陰暗角落，徐立展雙手拿著穆丞海的手機，重複播放著他在青海會錄到的那段影片。

「欸～別急著走嘛！蔣炎勛，我一直很想問你一件事，你的舅舅徐立展，是被你害死的吧？」

「凱哥你別亂說！」

「難道不是嗎？你才剛跟我拿安眠藥，說要給徐立展下藥，好去盜取他的作品，結果徐立展馬上就出車禍。警方說是疲勞駕駛，其實是因為當天你讓他吃了安眠藥吧？」

真的是炎勛那孩子對自己下藥，才導致他出車禍的嗎？

又說要盜他的作品，是什麼作品？難道是指《向已逝歌手致敬》這張專輯的曲子？如果是的話，根本沒這個必要啊，因為他早就決定將曲子給他唱了。

還有那個青海會，作風有多麼心狠手辣，他是親眼見識到了，炎勛又怎麼會和他們扯上關係？

枉費家族裡就屬自己對這孩子最關心，連他的姐姐，也就是蔣炎勛的媽媽都比不上，原來自己一點都不瞭解他……

遠遠地，穆丞海和歐陽子奇望著徐立展落寞的身影，默默交換了個眼神，歐陽子奇決定為徐立展做點事。

「海，你先去跟小楊說我的狀況，要大家不用擔心，等事情處理完後，我就會回到身體裡去。」

「等等，你還不打算回到身體裡去？」穆丞海詫異。

專輯的問題不是解決了嗎？連意見最多的徐立展老師也表示OK，要他們照著現在的想法錄製就好，子奇幹嘛還不回去身體裡？

「專輯是和老師們達成共識沒錯，但蔣炎勛和青海會的事還沒解決。門票問題或許可以交給公司和警方處理，但其中牽扯到蔣炎勛下藥的部分，我想徐立展老師應該也不希望事情曝光吧。」

歐陽子奇指著徐立展的方向，眼中有著絲絲同情，「看到徐立展老師心碎的樣子，你應該也於心不忍吧。」

子奇說的沒錯，徐立展老師看起來真的怪可憐的，就算他一開始是被豔青姐威脅，才答應要幫徐立展老師的忙，現在他卻是發自內心想這麼做，不過……

「難道不能等演唱會後再解決嗎？」

「現在的我可以來去自如，會比回到身體後再去調查來得方便。而且，我醒來之後就看不到徐立展老師了，很多事無法直接和他討論，會影響到我們追查的進度。」

「可是……子奇，週末就是十二月三十一日了，真的有辦法趕在這天之前處理完嗎？」

「只能盡力。」

歐陽子奇也沒把握，他現在能做的，就是盡力。他快速在腦中計畫著，然後交代穆丞海。

「海，你去跟小楊要假，叫他這段時間先不要跟你聯繫。如果能早點解決早點回來最好，最晚十二月三十一日那天我們一定會出現。這段時間，我們要好好地調查蔣炎勛跟青海會的事。」

「好，我去跟小楊哥說。」雖然還不清楚計畫是什麼，但他篤定這是目前最可行的計畫。自己此刻要做的，就是設法讓小楊哥放心給假，甚至願意放膽讓他最遲在演唱會當天才出現。

穆丞海往楊祺詳的辦公室方向走去，但腳步才邁開兩步，像突然想到什麼似地停下來，回頭對歐陽子奇警告道：「不管你有什麼計畫，等我回來再執行。我們說好要共同面對，絕對不准丟下我一個人。」

歐陽子奇嘴角揚起微笑，「知道了。」

得到楊祺詳的允許後，他們瞞著何董與其他人，對外聲稱穆丞海因為壓力太大，想在演唱會前安排短程旅遊來抒發壓力，大概有幾天不會進公司。

等他回來練唱室時，見徐立展還盯著手機螢幕發愁，他當機立斷把手機抽走，

「徐立展老師，走吧！」

「去哪？」回過神的徐立展，不明就裡地來回看著站在他面前的歐陽子奇和穆丞海。

「出去散心。」

「散心？我沒心情玩，你們自己去吧。」說完，落寞起身，就要離開。

「吼～我們三個之中，最需要散心的就是老師你耶，你怎麼可以不去？待在這裡看那段影片再多次，也不會告訴你真相啦！」穆丞海拽住徐立展的手，強迫他一起走。

徐立展百般不願意地掙扎，最後還是被拉到穆丞海的車子旁邊，穆丞海打開車門，直接將他推進後座，等歐陽子奇在副駕駛的位置坐好，便繫上安全帶，發動車子駛離寰圖娛樂。

銀色跑車在星空燦亮的夜色下奔馳，但十幾分鐘過去，卻像一頭空有精力卻迷失於叢林裡的獵豹，找不到前進的方向，只在寰圖娛樂附近的街道不停地來回繞。

「我們到底要去哪裡？」被強拉上車，始終冷著臉不發一語的徐立展，受不了這渾沌不明的局勢，開口詢問他們的行動。

「去……去哪？」穆丞海看向旁邊的歐陽子奇，等他回答。

原來，駕車的人雖是穆丞海，但他也不知道目的地是哪裡。

「天啊！不知道去哪你也能開車繞半天？」徐立展翻了翻白眼，讓穆丞海參與調查真的是正確的決定嗎？

穆丞海心虛地乾笑兩聲，反正有子奇在，就算他暫時把腦袋放空，也不會有什麼大礙。

「徐立展老師，你有去蔣炎勛的住處調查過嗎？」歐陽子奇從前座側頭問著後座的徐立展。

「沒……沒有。」徐立展回答，有些心虛。

鬼魂型態能夠來去自如，照理來說，徐立展在得知蔣炎勛可能涉案後，應該要潛入他的住處，尋找蛛絲馬跡，讓事情早些水落石出。

但徐立展根本不想懷疑蔣炎勛，就算聽到他和鄭凱的對話，依舊抱持著鴕鳥心態，想著只要不去證實，就可以永遠當作沒這回事。

「徐立展老師，那我們先去蔣炎勛的住處找他好嗎？」歐陽子奇明白徐立展心裡的矛盾，用詢問代替要求。

「……好吧。」許久後，徐立展像是下了很大的決心般回答。

再這樣拖下去也不是辦法，眼下他只能說服自己，就算炎勛那孩子真的參與其中，也一定是有什麼苦衷，或許他們在瞭解事情始末後，能夠提供他幫助也說不定。

「OK，那就往蔣炎勛的住處出發囉！」

比起歐陽子奇的冷靜沉著及徐立展的愁眉苦臉，穆丞海看起來實在太雀躍了，讓人懷疑他根本是把調查行動當成警匪動作遊戲。

「等等是要光明正大地按門鈴，還是偷偷潛入啊？」穆丞海興奮地問。

「有什麼差別？」徐立展對穆丞海的思考模式完全摸不著頭緒。

「當然有差，這關係到我該把車子停在哪裡。」說著，穆丞海還為自己能先設想到這個問題而洋洋得意。

而且他一路上還不斷注意有沒有狗仔跟著他們，他會多繞幾圈，其實是直覺驅使他這麼行動，為了避免被跟蹤，很用心良苦耶！

MAX和蔣炎勛水火不容，在娛樂界早就不是什麼祕密了，只是欠缺證據可以向大眾證明這件事。試想，萬一他們開車殺去蔣炎勛的住處被狗仔拍到，到時報導的內容絕對會被加油添醋一番。

「我還是不懂，車子停在哪有什麼影響？」徐立展更疑惑了。

「徐立展老師你別理他。」歐陽子奇非常瞭解穆丞海的頭腦構造，搶先在事情弄得越來越複雜前，制止徐立展繼續深究下去，轉而對穆丞海說，「你停遠一點，然後待在車裡等，我和徐立展老師先潛進去看情況。」

穆丞海聽完指示後一臉不悅，「什麼？你又要丟下我自己行動了！才剛說好要一起……」

「海，先聽我把話說完。我不是要撇下你，我和徐立展老師是靈魂狀態，進出不會受到阻礙，我們先進去探探情況，如果發現蔣炎勛和青海會掛勾的線索，再由你去找蔣炎勛對質好嗎？」

「OK！」審問嫌犯，這個分配他喜歡！哈哈，光想就覺得帥慘了！

半個鐘頭後，穆丞海駕車來到蔣炎勛的住處，但他們原本的計畫卻被打亂。一輛廂型車停在蔣炎勛住處門口，幾個身材高大的黑衣人架著蔣炎勛從屋裡走出來，將他押上車。

「你們看，那是綁架吧！」穆丞海瞪大眼睛，指著前方的景象，一時亂了分寸，「子奇，要報警嗎？」

「不要報警！」徐立展認出那輛廂型車就是他和穆丞海曾經跟蹤過的青海會座車，綁架蔣炎勛的主使極有可能是鄭凱。

他們還不確定蔣炎勛跟黑道牽扯多深，如果他真的參與黑道活動，他們現在報警，一定會讓整件事情曝光，到時就算把人救出來，他的演藝事業也全毀了。

徐立展知道蔣炎勛把演藝事業看得多重，他這個當舅舅的當然要盡力替姪子守護住。

「先跟上去，我們自己救他。」徐立展指示。

穆丞海聞言，在心裡翻了翻白眼，這個「我們」說得好聽，到時能和蔣炎勛接觸，把他帶出來的，也只有自己吧！

雖然在心裡腹誹著，終究還是無法在徐立展的注視下拋棄蔣炎勛，穆丞海最後依言乖乖開車跟了過去。

穆丞海努力回想上次計程車司機跟蹤的訣竅，抓緊方向盤與廂型車保持若即若離的距離，最後果然看見廂型車開進了青海會的據點。

將車子停在上次計程車司機停的位置，穆丞海熄火後下了車，和徐立展有默契地直接來到圍牆邊。

徐立展率先飄了上去，摘了片大樹葉遮住監視器，穆丞海則翻牆而過，彼此的動作配合得天衣無縫，一氣呵成。

「看來你們對潛入這件事已經做得很熟練了。」歐陽子奇見狀感到好氣又好笑。

進到院子裡，穆丞海機靈地觀察四周，很幸運，院子裡並沒有人。突然一陣吼叫聲傳來，他循著聲音看去。

同樣是主屋側邊，依舊是上次的那扇窗戶，怎麼窗戶還是沒關啊！青海會被稱為黑道中的黑道，竟然連記取教訓這種簡單的道理都不懂，上次被他潛入偷聽，就該學會講重要的事情前，要先關窗啊！

這樣也好，對他來說比較省事。

穆丞海靠了過去，拿出手機準備再次偷拍。

「我進屋子裡晃晃，看能不能找到有用的情報，你們小心一點。」歐陽子奇叮嚀，隨後往屋裡飄去。

穆丞海找好定點，轉頭向徐立展交代工作，「徐立展老師，我要專心拍攝，你幫我注意好背後喔！如果有人接近的話，要趕快提醒我。」

「瞭解。」

徐立展非常擔心蔣炎勛，其實更想直接進屋去看是什麼狀況，但去了又如何？就算對方拿槍指著他疼愛的外甥，自己又能做些什麼？而且，他也不能不講義氣，把穆丞海一個人丟在這危險的黑道據點，還是先耐著性子，留下來幫忙穆丞海觀察四周吧。

慘叫混雜求饒聲再度傳來，穆丞海挪動手機的位置，讓鏡頭可以拍得更清楚。

「凱哥，放過我吧！我不能再幫你了，公司那邊已經有人開始懷疑我，我現在自身難保啊！」

「喔？你的意思是，你幫忙聯繫那些一線女星陪富商吃飯，進賭場輸錢，欠下鉅額債務，牽線恆亞售票，讓我們購買大量MAX門票這些事情，曝光也沒關係囉？」

哇……蔣炎勛也幹太多壞事了吧！原來MAX的門票事件也跟他有關！穆丞海

有股想衝進去痛扁他一頓的衝動。

「凱哥，你看，我幫你做了那麼多事，就算沒功勞也有苦勞，求你高抬貴手，放過我吧！欠你的錢我會設法還清，但真的不能再幫你去做其他違……其他額外的工作了——」

鄭凱沒有馬上回應，大概也看出蔣炎勛真的被逼急了，弄垮他對自己也沒好處，不如找個平衡點。

「好吧，那就幫我最後一件事，事成後，我們之間就只剩賭債。」鄭凱彈了個響指，他底下的小嘍囉立刻將一個牛皮紙袋交給蔣炎勛。

蔣炎勛疑惑地打開袋子，抽出一疊紙張，裡頭還有好幾張演唱會的門票，「這是……MAX 演唱會的現場配置圖？」

MAX 演唱會怎麼了？該死！手機竟然在這個時候沒電。聽到關鍵字，穆丞海著急，他將失去作用的手機塞進口袋，移動身體想聽得更清楚。

突然，他發現四周變暗了。

穆丞海將頭從屋內的方向轉回來，看向自己身旁，兩個塊頭高大的黑衣人站在那裡，是上次抓住他的人。

「又是你。」黑衣人開口。

「呵……呵……你們好啊……」穆丞海諂媚地向他們打招呼，身體往後退了幾步，壓低音量朝身旁的徐立展抱怨，「徐立展老師，不是要你幫我注意的嗎？」

「哈……」徐立展乾笑，「你只說注意背後，又沒說要注意前方。」

他的注意力被屋內情況吸引了嘛！而且身為鬼魂，早就習慣別人看不到自己，沒有警戒四周的習慣。

救人救到自己被抓，真是糗爆了！

穆丞海被鄭凱關在別墅的某個空房內，算一算，都過三天了。這段期間，鄭凱經常派人來「招呼」他，一方面要他說出三番兩次潛進來的目的，一方面又威脅利誘要 MAX 配合他賺錢。

穆丞海什麼都沒說，也什麼都沒答應，因此身上傷口越來越多，臉上也越來越精彩。

可惡！說好不打臉的！他還要靠臉吃飯說！

被抓到那天，徐立展老師很有義氣地說要去搬救兵，要他忍耐一下別太擔心，拍胸脯保證一定會將他救出去，結果一去就沒再回來過。

連早他們一步進屋尋找線索的歐陽子奇也像人間蒸發一樣，完全不見蹤影。

穆丞海一方面煩惱自己會不會被鄭凱弄死，另一方面又擔心歐陽子奇和徐立展老師是不是發生什麼事，還有……

今天就是十二月三十一日，演唱會舉行的日期了啊！

他這個主角卻被囚禁在這裡沒人知道，萬一演唱會開天窗怎麼辦？他都可以想像小楊哥崩潰、何董拿刀追殺他的畫面了——前提是他能活著走出去的話。

穆丞海將手機從口袋裡掏出來，繼續嘗試著將沒電手機開機這種無意義的動作。提到這點，他不禁要說這群人混黑道混得真不專業，連他都知道要關一個人，要先把對方身上可以對外聯繫的東西都拿走，他們竟然任由他把手機放在身上！

可惡，偏偏手機沒電了！

到底怎麼辦才好？這種坐以待斃的感覺還真不好受，他應該把身體練強壯點，多學幾招武術或是防身術，這樣就能在第一時間逃走，或一路從囚禁他的房間闖出去。

「海……」

虛弱的叫喚聲從背後傳來，穆丞海連忙轉頭，竟然是消失好幾天的子奇！

「子奇，你到底是跑到哪裡去了？天啊，你怎麼變得這麼透明！」穆丞海伸手想扶住搖搖欲墜的好友，然後他驚駭地發現，自己的手竟然穿過歐陽子奇的身體！

怎麼會這樣？之前明明還碰得到的——

「我在屋子裡找到很多資料，全是鄭凱的犯罪證據，他用許多非法手段滲入演藝圈，控制女星陪酒，還販毒給導演和製作人，連蔣炎勛欠下賭債，都是他故意設局陷害他，目的就是為了抓到蔣炎勛的把柄，控制他做事。」

穆丞海聽完挑眉，「所以，你是因為沉浸在發現這些東西的喜悅，就把我給忘了？」吐槽完，穆丞海又恢復原本的焦急神情。

吼，他是在幹嘛，明明擔心子奇擔心得要命，怎麼話一出口全變了樣？

而且他一點都不想聽子奇說他發現了什麼，只想知道子奇為什麼會變成這個樣子？還有，他這麼透明，會不會……消失不見啊？

「不是的……」歐陽子奇的臉上出現尷尬的表情，「鄭凱的書房裡擺了一面八卦鏡，我不知道……原來魂魄狀態不能碰……」

「還好我及時救他，不然他真的要魂飛魄散了。」消失好幾天的徐立展老師也出現了，露出一副受不了的模樣。

這麼嚴重！

比起來，他在這裡有吃有睡幸福多了，唯一不舒服的只有身上的傷口。

不過，徐立展老師是鬼，要怎麼把歐陽子奇從八卦鏡裡救出來啊？

看出穆丞海的疑惑，徐立展將那天他離開後的情況簡單說了一遍。

那日，他心急如焚地在周圍繞了半天，就是沒遇到半個有陰陽眼、可以看到他的人，只好趕快回去找林豔青商量。

林豔青告訴他，穆丞海曾經提過，有一個殷大師很厲害，是真的有道行的天師，但她不知道殷大師住在哪裡，也不知道該如何跟他聯繫。

徐立展想起曾經在寰圖娛樂的辦公大樓四周看到防止鬼怪進入的結界，於是趕緊跑到公司，問那些常在大樓附近徘徊的孤魂野鬼，大家都知道殷大師這號人物，但問起殷大師的住處，就沒半隻鬼曉得了。

徐立展簡直快要昏倒，質問他們，難道都沒有人好奇想過要跟著殷大師回去看看嗎？他們都覺得徐立展瘋了，又不是吃飽太撐，幹嘛跟蹤一個那麼厲害的天師？

當下他完全不知道該怎麼辦，但想到穆丞海急需救援，只好死馬當活馬醫，一直去觸碰公司四周的結界，試了一整天，終於把殷大師引來了。

殷大師既然出現，事情就容易解決多了，殷大師先用法術找到歐陽子奇的位置，得知他被困住，再施法將他從八卦鏡裡救出來。

聽完之後，穆丞海站起身，朝徐立展鞠躬，態度異常恭敬。

徐立展老師，對不起，是他誤會了！自己還偷偷抱怨他沒義氣，原來他為了救他們，做了這麼多努力……

「那等等殷大師就會來救我脫困了嗎？」穆丞海問。

「殷大師說，你可以自行逃脫，他就不找人來幫忙了。」

「啊？」說得倒是容易，要是能逃出去，他也不用在這裡被關三天了。

徐立展看了看牆上的時鐘，「啊，就是現在，是殷大師算出你能脫困的時辰！」

「殷大師有說要怎麼做才能逃出去嗎？」

「他只有說『東方』。」

東方？突然被關進這間房子，他最好知道東方在哪裡啦！穆丞海差點沒翻桌。

不對！等等……他記得這幾天的早上，他都會被日照給曬醒，東方，是那扇窗戶的位置，不過……

「那扇窗戶有裝鐵窗耶，還直接焊死在牆上，沒辦法從裡面打開，要怎麼逃出去？」

徐立展聽了眉頭一皺，開始抱怨起來：「真的不是我要說別人壞話，那個殷大師厲害歸厲害，脾氣卻很古怪，嘴巴閉得跟蚌殼一樣緊，只說了關鍵方位在東方，其他的完全不肯透露，不管我怎麼問，他就是不肯說出明確的逃走方式。」

徐立展才剛抱怨完，突然天搖地動起來。

「地震……」

整個房間搖晃得厲害，穆丞海聽到房間外頭開始有人喊叫：「地震！大家快出去！」

屋內物品晃動移位，櫃子倒塌，玻璃製品破碎。

接著，奇蹟出現了！

窗戶的位置發出喀喀聲響，那扇阻擋穆丞海逃出去的鐵窗，竟然整片掉了下來……

殷大師，真的太神了！

地震也在這個時候減弱，但擔心會有餘震，跑出屋外的人都還在觀望，沒人敢立刻折回，讓穆丞海不費吹灰之力就可以離開。

他正想歡呼自己重獲自由時，歐陽子奇卻突然跪地，神情痛苦。

「子奇，你怎麼了？」

「我……有人在對我的身體下手，我、我不能呼吸……」眉頭深鎖，連說話都變得困難。

「徐立展老師，你快帶著子奇去醫院，看看他的身體發生什麼事！」

「那你呢？」

「我自己可以出去，不用管我，晚點再去跟你們會合！」

徐立展點頭，臉色變得難看，他倏地想起離開殷大師的住處時，殷大師高深莫測的低喃。

「有生命危險的不是丞海，是子奇。」

Chapter 7

真相與反擊

聖心醫院，歐陽子奇的病房裡，蔣炎勛換上工作服，偽裝成清潔人員，手裡拿著一塊毛巾，緊緊摀住歐陽子奇的口鼻，表情凶狠猙獰。

歐陽子奇和徐立展雖然順利抵達醫院，但感受到身體的痛苦，在離病床還有段距離的地方，歐陽子奇再也撐不住，無力倒地。

深怕子奇真的會斷氣，徐立展當機立斷撲向病床，附在歐陽子奇的身上。

「勛仔，你到底要一錯再錯到什麼時候！」徐立展用力推開蔣炎勛，猛坐起身，他一聲暴吼，情緒過於激動，再加上子奇的身體剛剛缺氧，讓他不停地大口喘著，想獲得更多氧氣。

蔣炎勛退了幾步，錯愕地看著歐陽子奇。

「你怎麼知道我的小名？只有舅舅會這樣叫我……」小時候家人會叫他勛仔，但長大後他覺得太幼稚，只容許疼他的舅舅繼續這樣叫，外人不可能知道。

「因為我就是你舅舅！」

「舅舅……不要耍我！舅舅他死了！」蔣炎勛突然跪地，痛哭起來，「舅舅他死了，是我害死的……」

徐立展跳下病床，一把揪住蔣炎勛的衣領，將他從地上提起來，用力甩了他兩巴掌。

「給我仔細聽好，我是你舅舅徐立展，現在附在子奇身上，如果要我講一些你小時候的事蹟來證明我並沒有胡說八道也可以，但我沒有耐性這麼做，所以你最好馬上相信，聽懂了嗎？勛——仔——」

「好、好……我聽懂了。」這眼神、這口氣，確實是他熟悉的舅舅！蔣炎勛嚇得止住眼淚，聽話地點頭。

「很好，現在告訴我到底怎麼回事，你為什麼會跟青海會扯上關係？又為什麼要在泡給我喝的東方美人茶裡下藥？」

蔣炎勛渾身發抖，他當天以孝敬為由，特地帶了東方美人茶去舅舅家泡給他喝，等舅舅喝完後，他還謹慎地毀滅證據，警方跟新聞報導都沒提過這件事，眼前的歐陽子奇卻知道他泡的是東方美人茶，在他身體內的果然是舅舅！

「舅舅，我對不起你！我……我欠了青海會一筆鉅額賭債，本來想說，如果出了舅舅製作的那張專輯，大賣之後要拿來還賭債的，可是……我問了你好幾次，你都沒有正面回答我……」蔣炎勛哭得更淒厲了，一把鼻涕一把眼淚，完全不顧形象。

「我心裡著急，但看舅舅的樣子，好像根本沒打算把專輯給我……所以我就跟鄭凱拿了安眠藥，加進舅舅的飲料裡，想說趁你睡著去偷看作品內容，然後把裡頭用到的概念，錄成自己的下一張專輯，搶先發行……沒想到……沒想到……嗚嗚嗚……」

「唉，傻孩子，你這是何苦呢？」

徐立展本來就有意把專輯交給蔣炎勛唱，只是怕自己太早表態，會讓他有不需要努力就能獲得現成作品的錯覺，所以才會只告訴他要持續精進自己的歌唱技巧，其他的一概沒透露。

只能怪他當初沒把話講好，造成外甥的誤會，釀成悲劇。

「舅舅，請相信我，我真的不是故意要害死你的！」

意外發生後，他受不了良心苛責，性格變得越來越瘋狂，整日神經兮兮，就連徐立展的告別式，他也裝病不參加。

「我知道你不是故意的，我不怪你，但你真的不該再幫青海會做事了。」徐立展溫柔地摸著蔣炎勛的頭，那是長輩對晚輩疼愛的舉動，「你欠的賭債，是他們設局故意害你的，但你放任他們繼續威脅你做壞事，這就是你自己的錯。男子漢大丈夫，犯了錯就要勇敢承擔，不能推卸責任。」

「我知道錯了！舅舅……對不起！」

蔣炎勛原本已經止住的淚水，又再度滑落，但這次不是懊悔，而是因為自己有機會親口對舅舅說出「對不起」三個字而落淚。

「沒事了、沒事了……」外甥願意痛改前非，表示他的本性還沒變壞，徐立展也跟著淚流滿面。

歐陽子奇心情複雜地看著抱在一起痛哭的徐立展和蔣炎勛，那畫面本來應該相當感人，但徐立展附在他身體上，看著自己的身體和蔣炎勛緊緊擁抱，感覺真是超級不舒服，還有……蔣炎勛的鼻涕滴到他的身上了！

此時，病房門被打開，進來的是成功逃出並趕來的穆丞海。他看到歐陽子奇和蔣炎勛抱在一起時，表情明顯僵了一下。

好在他很快就發現歐陽子奇的靈魂站在病床邊，並不是他本人真的跟蔣炎勛抱在一塊，才沒讓自己的心臟繼續受到考驗。

「呵呵……」穆丞海走到歐陽子奇旁邊，傻笑起來。

歐陽子奇斜睨他一眼，不用問也知道他一定又想到什麼不營養的東西，「笑屁啊！」

「很難得的畫面耶！」穆丞海指著前方，「那是徐立展老師附上你的身對吧？雖然知道是這樣，但那身體畢竟還是你的外貌……嘿嘿～我沒看過你哭得那麼慘的樣子耶。」

歐陽子奇的臉上冒出三條黑線。

又哭了好一陣子，蔣炎勛才終於發現穆丞海的存在，他尷尬地離開徐立展的懷抱，慌亂地向穆丞海解釋。

「這是我舅舅——啊！我不是說子奇是我舅舅，是我舅舅附身在子奇身上，你可能會覺得我在胡說，什麼附身怪力亂神的，但……」

「我懂。」穆丞海直接表明，省得蔣炎勛越解釋越亂。

「勛仔，穆丞海有陰陽眼，這段時間舅舅都是靠他幫忙，才會發現青海會威脅你的事，你真的要好好感謝他。」徐立展適時插入對話，讓蔣炎勛瞭解現在的狀況。

蔣炎勛聽完後點點頭，對MAX的敵意在此刻全部消失，他對穆丞海感激道：「非常謝謝你，這份恩情我會設法報答的。對了，你要小心一點，鄭凱控制不了MAX，整個人氣炸了，他計畫去破壞你們的演唱會，派了人……」

「小心！」

穆丞海進來時沒有將病房的門掩上，他隱約看見門外站了個黑衣人，手上拿著一把槍，像是怕蔣炎勛洩漏太多事情，準備來滅口。

蔣炎勛背對門口，沒有看到黑衣人，更不可能立即躲開，徐立展見黑衣人想要攻擊蔣炎勛，第一時間就將蔣炎勛護在身後。

穆丞海和歐陽子奇同時朝門口奔去，但他們的位置離門口太遠，無力阻止。

砰——

子彈射出，幸好沒有傷及任何人，只擊碎了燈管。

此時，歐陽子奇的特助傑克及時出現，阻止了黑衣人，他先改變了手槍瞄準的方向，反手打向黑衣人咽喉的位置，另一手則抓住對方後頸，將黑衣人弄昏在地上。

穆丞海鬆了口氣，忍不住在心裡吶喊：徐立展老師，我知道你愛護外甥的心情，想去幫他擋子彈怕他受傷，但你現在用的是別人的身體啊！你這樣跑去擋，死的會是子奇——

槍響前一刻，徐立展清楚地看見黑衣人眼中的殺意，此刻危機解除，他的怒氣瞬間爆發，衝著身手矯健的傑克大喊：「鄭凱太超過了，絕對不能放過他，去毀了他的據點，殺了鄭凱！」

徐立展還附在歐陽子奇身上，這番話對傑克而言就是他本人下達的命令。

「是！」傑克毫不猶豫地接下任務，轉身就要去執行。

「海，快阻止他，傑克真的會去剿了青海會！」這下連向來冷靜的歐陽子奇都緊張了。傑克看不到他，也聽不見他說話，歐陽子奇無法向他解釋，只能要穆丞海快去阻止。

「等等！傑克，你先別動作。」瞭解事情的嚴重性，穆丞海趕緊叫住傑克，但傑克沒有理會，繼續往前走，穆丞海只好改為勸說徐立展。

「徐立展老師，冷靜一點聽我說，你先把身體還給子奇，我們再來討論要怎麼對付鄭凱好嗎？」

徐立展的眼睛氣得發紅，根本不聽勸，一心只想為受到襲擊的家人報仇，蔣炎勛見狀，趕緊加入勸阻行列。

「舅舅，我沒事，真的沒事！你看，我沒受傷，沒挨子彈，人好好地在這，你要我別幫青海會做壞事，你也不希望別人因為你的一句話跑去殺人吧？」為了安撫舅舅的情緒，蔣炎勛將雙手覆在徐立展臉頰，輕輕搓揉。

感受到掌心傳來的溫度，徐立展慢慢冷靜下來，才意識到自己真的氣過頭，做了衝動事，「對、對不起……我不該下那樣的命令。」徐立展說完，馬上退出歐陽子奇的身體，讓他的靈魂可以回來。

歐陽子奇回到身體後的第一件事，就是趕緊衝出病房，把傑克喚回來，取消剿滅青海會的命令。

不久，歐陽子奇帶著傑克回到病房內，問起蔣炎勛出現在這裡的原因。

「蔣炎勛，是鄭凱派你來殺我的嗎？」

「不是，鄭凱巴不得演唱會趕快開呢，怎麼會殺你？是我自己的主意……」

蔣炎勛愧疚地低下頭。

穆丞海瞪大雙眼，看向歐陽子奇，「他要殺你耶！原來你跟蔣炎勛的深仇大恨比我跟他還嚴重嗎？」

「原因？」歐陽子奇並不認為自己有與蔣炎勛結仇的可能。

「因為……你們把那張專輯接去製作了，我就還不了賭債了。」

歐陽子奇和穆丞海的臉色驟變。

「抱、抱歉……為了表達我的歉意，我願意告訴你們鄭凱大鬧演唱會的計畫內容。」

「好，告訴我們吧。」歐陽子奇道。

歌迷為了欣賞他們的演出，開心來到演唱會現場，卻在自己不知道的情況下，性命遭受威脅，他們絕對不能容忍！

「你們的演唱會不是標榜一起跨年嗎？所以十點開唱，凌晨一點結束，在十二點有一個倒數活動，鄭凱在A到G這七個區域裡各派了兩個人，準備在倒數完的一瞬間，推擠群眾鬧事。」蔣炎勛將自己所知道的情報據實以告，「鄭凱要不是最後只能弄到十四張門票，肯定想派更多人進去。他簡直恨死你們了，當丞海潛進鄭凱的據點被逮到，他超樂的，因為演唱會是MAX兩個人，現在開場就少一個，子奇要撐完整場鐵定難堪又辛苦。」

穆丞海和歐陽子奇聽完，馬上理解到事情的嚴重性。

推擠、鬧事，這如果只有幾個人的場合可能還不會怎樣，但在十萬人聚集的擁擠場地中……要是真的亂起來，絕對會演變成一場大災難！

「想到今天可能會有很多人喪命，我就覺得良心不安……反正我被鄭凱掌握了那麼多把柄，就算我真的幫他大鬧演唱會，他也不可能就此放過我。」

舅舅過世後，他才驚醒，自己竟然不知不覺做了這麼多荒唐事。

「我的人生基本上已經完了，所以要我做什麼都沒有關係，我一直在想要怎麼讓演唱會開不成，我打電話去警察局說要在體育館放炸彈，他們沒理；威脅何董，他也不打算取消演唱會，我實在沒辦法了，只好對你下手——比起可能喪生更多人命，如果只犧牲你一個……」

蔣炎勛說著，雙手還在顫抖，那種拿毛巾壓在子奇臉上的恐懼感覺還殘留在手上，久久消散不去，殺人……根本沒有他想像中容易。

歐陽子奇能理解他會走到這一步的原因，並未多怪罪，現下他的心思更想解決的是演唱會的危機，「你知道那十四個人的正確座位嗎？」

蔣炎勛搖頭，「我不知道。」

他才瞄了一眼資料，根本不可能把十四個位置都記下來，而且門票馬上就被鄭凱發送下去了。這些鬧事的人彼此間沒有聯絡方式，唯一的信號，就是演唱會當天的倒數，在新年的第一秒鐘來臨時，推倒周圍歌迷，大聲罵髒話、嗆聲，引起動亂。

「所以，我問你們，演唱會要取消嗎？」蔣炎勛慎重其事地問MAX。

歐陽子奇和穆丞海對看，這是個很為難的問題。

不取消，他們擔心歌迷的安危，怕最後真的會演變成暴動，但取消……演唱會只剩下不到幾個小時，現在臨時取消來得及嗎？

若是歌迷不能接受，會不會直接在體育館外暴動啊？

而且，這場演唱會是大家籌劃了這麼久的心血，是MAX的第一場演唱會。

「不能取消！」穆丞海大喊。

「確實不能取消。」歐陽子奇也附和，他思忖，「只要在倒數前把那些鬧場的人找出來就好了吧？」

蔣炎勛不敢置信地看著眼前這兩個人，他以為MAX體恤歌迷，聽完他的話，應該要取消演唱會才對啊，難道他們和何董一樣，一心只想賺錢嗎？

「你們瘋了嗎？要在十萬人中找出十四個人！」

歐陽子奇沒有理會蔣炎勛的訝異，直接對傑克下令：「麻煩你開車送我和海去日道體育館，還要請你安排一些事，車上再告訴你。」

「是，少爺。」

演唱會就要開始，時間分秒都不能浪費，歐陽子奇說完後便和傑克立刻動身。

穆丞海雖然不知道好友的計畫，還是自動自發地跟上了。離去前，他安慰蔣炎勛道：「別想太多，我和子奇會解決鄭凱，不讓動亂發生的，你快回去休息吧，否則你舅舅會擔心的。」

歐陽家的加長型賓士車，內裝座位柔軟舒適，當穆丞海坐上去的瞬間，就覺得自己可以好好睡一覺了。

車子在傑克的駕駛下，安穩又快速地往日道體育館前進，他同時還將歐陽子奇適才交代給他的事情都部署好了。

望著窗外飛逝的街景，歐陽子奇突然說：「海，把你手機錄到的影像刪了吧！那段蔣炎勛說他下藥的影片。」

「好。」確實，事情已經說開，徐立展老師也已經原諒蔣炎勛，他們不再需要留著那段影片當作證據了。

穆丞海從口袋掏出手機，才想起手機早就沒電。

「請交給我，讓我來處理。」傑克接過手機，把它放到車子的插座上充電。

歐陽子奇和穆丞海坐在後座，經過這一連串的事情，兩個人都累了，而且在幾個小時後，他們還有一場要跟時間賽跑的演唱會，只能趁著空檔，閉起眼睛休息一下。

「海。」歐陽子奇閉著眼眸，語氣慵懶地喚了聲。

「嗯？」穆丞海張開眼睛，轉頭看向歐陽子奇的方向。

車外偶爾閃過的昏黃路燈照在歐陽子奇的側臉上，光影交錯形成一股朦朧的美感，再搭配他現在毫無防備的神態，散發出來的魅力簡直爆表。穆丞海早就知道歐陽子奇很帥，卻從來沒像此時這樣，覺得他好看到會勾人魂魄，連同為男性的自己都看得心跳加速。

能和子奇成為朋友真的太幸福了！

「置物櫃裡有外套，冷的話拿出來蓋。」歐陽子奇依舊閉著眼眸，比一般人長的睫毛隨著說話微微搧動。

穆丞海看著歐陽子奇陶醉片刻，才彎腰從置物櫃裡拿出兩件羽絨外套，一件蓋在子奇身上，另一件自己拿來蓋。

傑克也將音樂調成適合睡眠的柔和水晶音樂，並將車內空調轉至舒適的溫度。

穆丞海調整好姿勢，閉起眼睛，準備休息補充體力。

此時，歐陽子奇慵懶的聲音再度傳來，「那天，和徐立展老師還有羅傑老師討論完〈華麗舞會〉時，我就一直很想問，你心中的華麗舞會又是什麼模樣？」

「是……」穆丞海想了想，「是在育幼院和那群小兔崽子狂歡跳舞的聖誕晚會。」

「唱唱看。」

穆丞海隨興哼著，聲音帶著濃濃倦意，有點含糊不清，卻意外透著一股柔和溫暖，那是在歐陽子奇或是徐立展的歌聲中都聽不到的情感，甚至連演唱過無數次〈華麗舞會〉的羅傑老師，也沒如此唱過。

「確實很溫馨。」那是充滿小孩子嘻鬧聲的舞會。

「但徐立展老師一定會說……」穆丞海模仿徐立展刻薄的口氣，「沒有華麗的感覺！」

「呵，是啊。」歐陽子奇輕笑。

在真正進入夢鄉之前，穆丞海問：「我們真的有辦法找出那十四個鬧事者嗎？」

「沒問題的。」歐陽子奇將手覆蓋在穆丞海手背上，輕輕拍著，「不管情況有多艱難，我們一起面對。」

「嗯，一起面對。」穆丞海的嘴角勾起一抹笑，漸漸進入夢鄉。

穆丞海做了一場夢，夢中他正在參加一場華麗舞會，許多小朋友拿著氣球，在舞會裡跑來跑去。他們玩得很開心，不時發出如銀鈴般悅耳的笑聲，因為接近聖誕節，他們也很期待聖誕老公公的來臨。

然後，有個人進到舞會現場，看了看四周，擰起眉，黑框眼鏡下的神情似乎相當不屑，當他經過穆丞海身旁時，說了句：「沒有華麗的感覺。」

穆丞海轉頭，卻發現他已經不見，四周的小朋友開始興奮地往某個方向跑去，嘴裡喊著：「聖誕老公公來了！聖誕老公公來了！」

穆丞海跟在他們後面，走到一個廣場。

一群小朋友整齊地排隊，似乎在等著跟聖誕老公公拿禮物，穆丞海沒有跟著排隊，他一直往前走，走向聖誕老公公所在的地方，然後看見了歐陽子奇。

他就坐在一堆小朋友中間，發著禮物。

拿到禮物的小朋友很開心，在一旁快樂地跳著舞，隨著禮物越發越多，跳舞的小朋友也越來越多，舞會開始熱鬧起來。

穆丞海突然憶起，這不是他第一次做這個夢，每一次夢中都有小朋友、都有氣球，也有那個說「沒有華麗的感覺」的男子，但就是沒有聖誕老公公，所以孩子的歡笑總是少了點什麼。

這次不同，聖誕老公公的出現，讓孩子們更開心地跳舞玩耍，他們拿到禮物時露出的燦爛笑容，成了舞會最棒的裝飾。

穆丞海看著場中央的聖誕老公公——歐陽子奇，知道自己終於找到這場舞會的「華麗」，就在那裡，就在他身上。

因為有他，華麗舞會得以完整。

因為有他，MAX最華麗的演唱會，即將展開——

Chapter 8

演唱會，倒數計時

「少爺，我們到了。」

日道體育館外，傑克將車子在隱密處停妥，喚醒後座的歐陽子奇和穆丞海。

歐陽子奇率先睜開眼，他動了動有點僵硬的身體，不小心扯到手臂上因車禍被玻璃割傷的傷口，疼痛讓他皺起眉頭。

果然還是該跟醫生拿些止痛藥再出發的。

這樣想的同時，傑克立刻將止痛藥遞到他面前，並附帶一瓶礦泉水。

「少爺，很抱歉，時間太緊急，沒辦法準備溫開水。」

「沒關係，有就很好了。」歐陽子奇回給傑克一個感激的微笑，吞下止痛藥，轉頭看著身旁還在睡的穆丞海。

「海，醒醒！」歐陽子奇搖著穆丞海的身體。

「別吵，讓我睡……」穆丞海將身體轉個角度，原本蓋在他身上的外套因此滑落，他覺得有點冷，隨手抓了歐陽子奇的外套，一副準備睡到天荒地老的模樣。

「不然你繼續睡好了，我明年再叫你如何？」

「好啊……睡到明年……」這提議真不錯，穆丞海邊睡邊咕噥，說什麼都不肯睜開眼。

真的打算睡到明年咧！

歐陽子奇揪住穆丞海的衣領，將他提起來，毫不客氣地用力推向車窗，穆丞海的臉瞬間擠到變形。

「好痛、好痛！嗚嗚……好啦，我醒了，快放手！」他的臉上有瘀青耶！子奇這樣壓，萬一等等瘀青變大怎麼辦？是要他變成包青天嗎？

見兩人都醒了，傑克將插在車上充電的手機拔下，遞給他們，「怕打擾到少爺們休息，我將兩位的手機都調成靜音。」

哇！萬能的傑克不只萬能，還超級貼心耶！穆丞海接過手機，低頭看著畫面，吹了聲口哨。

這段時間有好幾十通的未接來電，簡訊整個塞爆，都是小楊哥傳來的，穆丞海用手指滑動著螢幕，按開簡訊，快速瀏覽著。

「海，『渡假愉快』嗎？等你回來喔！」

「在往體育館的路上嗎？」

「方便的話，回我電話。」

「你們到底在哪裡？嗚嗚嗚……」

歐陽子奇的手機也同樣被楊祺詳的未接來電和簡訊塞爆，「走吧！我們再不出現，小楊哥可能要心臟病發住院了。」

「聽說子奇和海到了？」楊祺詳接到通知後，立刻衝進休息室，果然看到穆丞海以及歐陽子奇，正準備放心時……

「啊啊啊啊啊啊啊──」

楊祺詳的尖叫聲充斥整個空間，連外頭來巡視打氣的何董也被驚動，氣急敗壞地走了進來。

「是在吵什麼……啊啊啊啊啊──」

看到今天演唱會兩位主角的模樣，何董也忍不住尖叫。

「好了，不要叫了，我已經在想辦法處理了！」化妝師米娜手裡拿著粉刷快速揮動，不久前也尖叫過的她，臉色跟楊祺詳和何董相比，實在好不到哪裡去。

「你你你、你們兩個是怎麼了？」

穆丞海的臉上青一塊紫一塊，身上還有擦傷，子奇的衣服甚至沾有血跡！

「發生了點『小』意外。」穆丞海乾笑著。

「子奇，你的傷勢……沒關係嗎？」相較於穆丞海臉上的傷，楊祺詳發現歐陽子奇車禍的傷勢更嚴重，左手纏著的繃帶正滲著血。

「沒問題的，別擔心。」歐陽子奇微笑著對大家說，「我跟海一定會讓演唱會圓滿完成，現在只拜託大家一件事，就是什麼都別問，把注意力放在各自的負責工作上，好嗎？」

他的冷靜影響在場的每個人，見何董也配合點頭後，歐陽子奇繼續對楊祺詳說：「小楊哥，我稍微調整了一些節目內容，需要燈光師配合。」

「什麼？」楊祺詳懷疑自己有沒有聽錯。

距離演唱會開始只剩不到兩小時，現在要調整內容？好吧，其實他也不用太大驚小怪，整個演唱會從主角短暫失聯開始，就呈現一種失控狀態，子奇的個性很嚴謹，會在這個時選擇這麼做，一定有他的原因。

「只是一些小調整，我已經告訴我的特助該怎麼做了，等等請你帶他去找第二位置的燈光師，他會幫忙。」

「好。」

情況很詭異，連子奇的特別助理都出現了，楊祺詳或多或少可以感覺到背後可能牽扯著十分危險的事。

當何董忍不住想要開口發問前，楊祺詳給何董的助理蕭真使個眼色，讓他設法把何董帶走。

「另外，請你弄幾張特別通行證，我有一些『朋友』臨時想來聽演唱會。」

「是傑克帶來的『朋友』？」

「嗯。」歐陽子奇點頭。

「那我通知出入口的管制人員，讓他們直接放行。」

此時，米娜停下動作，挫敗地向一直站在她旁邊觀看的服裝造型師賽門求救，「不行了，我頂多只能處理到這種程度，你快想辦法！」

「沒關係，已經不錯了。」賽門搓著自己的下巴，盯著歐陽子奇和穆丞海的模樣，瞇眼思考，「我記得開場是一系列的舞曲，有四十分鐘……」

他拿起手機，撥通電話，「Ann，妳在工作室嗎？……好，幫我把要妳準備的MAX服裝送過來……對！拍攝改版CD封面要用的那一套……CD封面的服裝我再另外想辦法……半個小時內要送達喔……好，拜託妳了。」

放下電話，賽門對他的助手說：「把我的工具箱拿過來。」

賽門拿起歐陽子奇登場時要穿的白色套裝，算準位置剪了幾刀，俐落地將布料撕開，比對子奇左手繃帶的位置，將衣服改造，當歐陽子奇換穿上去後，繃帶頓時變成裝飾，融入整體造型中，一點都不違和。

穆丞海的衣服也同樣做了改造，用來配合米娜幫他上的妝，遮不掉的瘀青，反倒像是刻意化上去的傷妝。

米娜在一旁拍手叫好，她合作過的服裝師中，果然還是賽門最讓人放心，連這種令人冷汗直冒的危機都可以處理好。賽門也回給她一個是妳妝畫得好的眼神，將功勞歸於團隊合作。接著，他轉頭對MAX叮嚀。

「今天穿這樣會比較冷，你們上場前的熱身要做足一點，下一套衣服我已經請Ann送來了，到時可以把你們包緊緊，不怕冷風，也不怕傷口被看到。」賽門又從備用工具箱中挑了兩雙皮手套給他們，用來遮住手背上的傷。

「少爺，耳機和對講機都準備好了，已經調成和大家一樣的頻道，不會影響少爺唱歌的麥克風收音。」傑克開門走進來，將特殊耳機交給歐陽子奇和穆丞海。

「何董沒有耳機和對講機吧？」歐陽子奇轉頭問楊祺詳。

「沒有。」就算有，他也會要蕭真趕快找藉口把耳機收走。

「那就好，否則到時頻道上可能會充斥著何董罵人的聲音。」歐陽子奇淺笑，前置工作已準備就緒，他絕對不會讓鄭凱有機會毀掉演唱會的。堅定的決心散發出安定的力量，他繼續交代楊祺詳，「小楊哥，先向全部有耳機配置的工作人員交代，等等頻道裡不管聽到什麼奇怪內容，都不要理會，當作不存在。」

「沒問題！」

MAX的第一場演唱會，《亦敵亦友》跨年場，在歷經幾番波折後，終於在十二月三十一日這天的晚間十點，準時開唱了！

日道體育館全場的燈光暗下，只有偶爾出現的光束劃過，觀眾原本靜悄悄地屏息等待，但過了一分鐘後還沒有任何動靜時，開始有人沉不住氣，觀眾席發出疑惑的交談聲。

鼓噪越來越大聲，歌迷們四處張望，不知道MAX會從哪裡出場。

下一刻，在巨大的爆破聲和煙火中，歐陽子奇騎著一臺絕版的重型哈雷，從側邊車道飛躍上舞臺，他停下的位置，剛好接住吊著鋼絲從天而降的穆丞海。

第一首歌曲的音樂一下，歌迷的尖叫，成了歌曲最棒的前奏。

舞臺上視野很好，觀眾的動作可以一覽無遺，靠近舞臺的搖滾區甚至可以看到大家臉上的興奮期待，是對MAX滿滿的支持與愛。

但是，要怎麼從十萬人中，找出那些鬧事的人呢？

站上舞臺的一瞬間，穆丞海才了解到，這是一件非常困難的事，如果能慢慢找也就算了，偏偏他們的時間有限。

可惡，到底該怎麼做？

想到底下支持他們的歌迷，很有可能會因為暴動而受傷，他就覺得很不安，甚至一度想拿著麥克風直接對大家宣布「有人要搗亂，所以演唱會暫停」算了，但是很不負責任的做法。

他跟子奇都無法確定，宣布演唱會暫停後，這十萬個處於最High狀態的歌迷，會不會冷靜下來讓他們找出要鬧事的人？還是會壓抑不住恐懼，反而自己先亂起來，還沒到十二點，就直接釀成暴動的慘劇？

開場的第一首曲子，是《朋友．敵人》專輯的主打歌，穆丞海從下歌之後開始，聲音就一直處於緊繃狀態，安排好的走位和動作，全被他拋在腦後，只能憑著直覺亂動。

音樂轉換的間奏，歐陽子奇突然靠近他，伸手用力推了穆丞海一把，動作引起歌迷的尖叫，也嚇了穆丞海一跳。

歐陽子奇關掉麥克風，附到穆丞海的耳邊說：「我知道你很想把那些混蛋找出來，但別忘了，這是MAX的演唱會，底下的觀眾全是花錢買票進來，他們並不知道有危險，對他們來說，就是想聽到動人的歌曲，看到精采的表演，如此而已，站上舞臺，你就必須對他們負責。」

「穩住你的拍子，我知道現在要你靜下心來很困難，你專心唱好你的部分，我會盡量配合你的呼吸，適時調整合音。」

歐陽子奇靠得很近，看在觀眾眼裡，像兩個人在耳鬢廝磨一樣，一波接著一波的尖叫聲頓時迴盪在整個體育館。

歐陽子奇說完，退回自己原本的站位，穆丞海終於冷靜下來。有子奇在，總是讓他很放心，第二首歌唱起來穩定許多，但當進入第三首舞曲時，考驗就來了。

這首歌就是老爺爺跟老奶奶們跳舞PO上網的那首，配合這個話題，會有三批舞者輪流上臺跟他們一起共舞。

第一批是年紀最大的爺爺奶奶，音樂節奏比較緩慢，第二批是小朋友們，節奏會變快一些，最後則是職業舞者，恢復到歌曲原本的速度。

也就是說，穆丞海和歐陽子奇兩個人要在舞臺上，連跳三次。

這是對體力很大的考驗，尤其在他們經過一連串的折騰，身上還帶著傷的此時。

穆丞海跳到第二輪就已經有些喘了，他努力讓聲音聽起來平穩，盡最大努力撐著，他知道歐陽子奇也在拚命，想拿出最好的演出，呈獻給支持MAX的觀眾們。

終於撐到第三輪跳完，全場燈光突然暗下，大螢幕上播放著事先剪輯好的影片，穆丞海退到舞臺邊，趁這個機會稍做休息，歐陽子奇則退到後臺換裝。

觀眾的目光都鎖在大螢幕上。

那是MAX的第一個通告，一個綜藝節目，他們坐在最角落的位置，穆丞海記得，那時整場節目下來，兩個人加起來說不到三句話。

接著，是他們的第一支廣告，造型實在有夠拙。

然後是他們第一場歌友會，到場歌迷只有一百多位，和現在完全不能比。

還有他們第一次上臺領獎，上一屆「銀翼金曲獎」的畫面，穆丞海看到當主持人宣布最佳男演唱時，自己燦爛的笑容。

穆丞海第一部電影《豔陽》的片段。

拜桑歌劇院舞臺劇的精彩剪輯、第二張專輯排行榜的報導……畫面最後回到現場，這是他們的第一場演唱會，鏡頭照在滿場十萬名觀眾的身上，燈亮，全場放聲尖叫。

穆丞海走到了舞臺中央，他瞭解自己站在這裡，肩上扛著的是什麼，也知道自己能站在這裡，經過了多少幕後人員的努力，多少歌迷的支持。

MAX是子奇拉著他一起創立的，每首專輯裡的歌曲都是子奇的心血，他絕對不能讓它就這麼被鄭凱毀掉。他下過決心，要跟上歐陽子奇的腳步，是他自己說，要和子奇並肩作戰，不要老是處於被保護的位置。

所以，讓他做點什麼吧！有什麼方法，可以從十萬觀眾裡，找出那些要鬧事的人呢？

穆丞海拿起麥克風，一段沒有音樂的清唱，他投注所有的情感，專心一意地演唱。這是他個人的第一首獨唱曲，一首感人的情歌，也是讓他獲得銀翼金曲獎最佳男演唱的曲子──〈夜雪〉。

音樂下來，銀色的紙片從體育館天花板灑落，像雪片一樣飄著，落到每一個人的身上，沉醉在穆丞海的歌聲裡，許多歌迷紅了眼眶，泛著淚水，拿起螢光棒，隨著音樂緩緩搖動。

「B區倒數第二排，有兩個人沒有跟著音樂擺動。」耳機裡，傳來傑克的聲音。

「收到。」有人回應。

接著，穆丞海在舞臺上看到保全靠近那兩個人，將他們制伏。

對了，就是這個！

只要是MAX的歌迷，就會將注意力擺在他們的表演上，情緒隨著他們的音樂鼓動，那些狀況外的，就是來鬧事的人！

穆丞海恍然大悟，邊唱邊走向舞臺延伸區，最靠近這裡的是C區，許多歌迷紛紛因為穆丞海的靠近，擠向舞臺邊緣，他看見有兩個人，自始至終沒有動作，神態緊張地坐在座位上。

穆丞海伸手指著他們。傑克也指示二號位置的燈光師，將燈光照向那兩人。

保全衝上去，將他們制伏。

很好，這樣就處理掉兩區了。

穆丞海獨唱完〈夜雪〉，往後臺退去，準備換下一套衣服。

接下來的表演節目是由歐陽子奇獨唱〈華麗舞會〉。

在後臺等待上場的期間，歐陽子奇看到穆丞海的作法，不禁佩服他難得出現的睿智，於是利用兩人交錯而過的短暫機會，讚賞地對著穆丞海說了句「Good Job」。

歐陽子奇唱著〈華麗舞會〉，就像在練唱室深獲前輩們讚賞時一樣，現場的十萬名歌迷也被他的歌聲帶進一場華麗且美好的舞會中。歌迷們從座位站起身，挺直背脊，身體隨著歌曲的旋律擺動，臉上露出因歐陽子奇的歌聲而如痴如醉的表情。

快到最後四個小節，歐陽子奇緩步走向D區。穆丞海在唱〈夜雪〉時的努力，深深烙印在他心裡，激勵著他。歐陽子奇告訴自己，既然海可以吸引觀眾，來找出那些不被歌曲表演感動的鬧事者，他也可以做到。

他豁出去，滑步、轉身，然後單腳屈膝跪下，遵從徐立展的建議，做出這首歌曲最後的 Ending Pose——

不只如此，他還向D區的觀眾伸出手，勾魂似地笑了。

第一次看見歐陽子奇這麼熱情狂放的樣子，歌迷們簡直要瘋了，尖叫聲達到最高峰，大家又叫又跳。其中，只有兩個人，很拘謹地坐著沒動。

傑克再次找到目標，保全上前處理，D區解決。

穆丞海也換好裝回到舞臺，開始和歐陽子奇進行雙人合唱。

說是合唱，但其實是歐陽子奇唱一首歌曲，而穆丞海唱另一首截然不同的歌曲，可是兩首歌的歌詞與旋律，又巧妙地互相呼應，在聽起來相當複雜的音階中，融合成豐沛的音樂感受。

穆丞海唱的歌曲，是徐立展老師改編的老歌，而歐陽子奇唱的，則是他為了《向已逝歌手致敬》專輯創作的新曲。

這種合唱方式，歌迷們雖然無法開口跟著唱，卻帶來渾然不同的聽覺享受，尤其是歐陽子奇和穆丞海兩人天衣無縫的歌聲搭配走位和互動，讓人輕易感覺到MAX的默契十足。

穆丞海在唱這首歌時相當專注，同時也樂在其中，他忘卻一切，把合唱以外的事拋諸腦後，眼中只有歐陽子奇，耳朵也只聽見子奇完美的歌聲。當他演唱完畢後，突然想起還有鬧事者沒找出來，心裡又焦躁起來。

時間不多了，還有什麼方式，可以將那些人找出來？

啊，有了！下一首要演唱的曲目，有一連串代表「MAX — I Love You」的手勢，相信他們的歌迷都清楚該怎麼比，不會比的人，極有可能就是來鬧事的人。

果然，一曲唱完，他們成功地抓出A區和E區的鬧事者。

距離跨年倒數只剩三十分鐘，還剩F區和G區的鬧事者還沒找出來。

這兩個區域離舞臺較遠，他們無法靠剛才的招數，吸引歌迷的動作，而且接下來也沒有歌曲需要比手勢。

這下真的慘了！

倒數前的最後一首歌，是專輯的另一首主打〈殺手〉。

殺手……對了！穆丞海突然靈光一閃。

「我們來玩個遊戲。」穆丞海突然指示樂團停止演奏，透過麥克風對著臺下的歌迷說。

「在倒數前，我和子奇要帶給大家的最後一首歌是〈殺手〉。在我們每個人心中，都有一個好的自己，與一個壞的自己，希望大家能在今年的最後一刻，殺掉壞的自己，然後將好的自己留到明年，展開新的生活，好嗎？」

「好——」歌迷們開心地回答。

「大家都知道，在〈殺手〉的MV裡，我是殺手，子奇是被害人，但是呢，我們現在交換一下，我和子奇都是殺手，而你們是被我們殺的人。等一下，我跟子奇會指著某一區，只要被我們指到的那一區，大家要學子奇在MV裡最後的動作……噓，不要說出來動作是什麼喔！這樣待會就可以知道你旁邊的人是不是MAX的鐵粉了！」

穆丞海朝著日道體育館的十萬歌迷大喊：「你們都是MAX的忠實粉絲嗎？」

「是！」全場High翻回答。

「很好，準備開始囉！」穆丞海做了一個起跑前的暖身。

F區和G區位於舞臺前搖滾區的最左與最右邊，他們的機會只有一次，如果將F區和G區分成兩次，一定會有鬧事者看到動作，然後混在歌迷裡，所以他需要子奇的幫忙。

穆丞海投給好友一個眼神，雖然這是臨時決定的方法，沒和子奇事先套好招，但他相信子奇會懂的。

穆丞海快速跑向F區，歐陽子奇則往G區前進。

再交換一個眼神，他們同時將手指了出去，F區和G區的歌迷見到自己被點名，紛紛興奮地蹲下，或像MV中歐陽子奇那樣，倒躺在地上。

只有四個人，傻愣愣地站在原地，異常明顯。

保全立刻上前將他們制伏。

穆丞海大呼一口氣，終於沒事了，十四名鬧事者都找出來了。

在今年的最後一刻，終於不用擔心歌迷出事，能好好地演唱歌曲。當〈殺手〉的音樂一下，穆丞海和歐陽子奇用最完美的合聲，將歌曲獻給一路陪他們走來的歌迷，這也是今晚的演唱會中，唯一一首完全照著採排進行的歌曲。

今年即將結束，穆丞海和歐陽子奇帶領大家許下新年願望，同時希望每個人都能替自己訂下一個目標，約好明年這個時刻，大家再回到這裡相聚，檢視是不是達成目標了。

接著，終於進入倒數階段。

「十、九、八、七……」大螢幕上秀出倒數的數字，所有人跟著一起大喊。

此刻，大家不分你我，和周圍的人牽起手，不管是認識或不認識的，都因為喜歡MAX而聚集在一起，或許今晚過後，走在路上也無法認出彼此，但當他們再次聽見MAX的歌聲時，一定能在彼此的臉上看見相同的訊息，露出會心的微笑。

「六、五、四……」

穆丞海從舞臺最左邊跑到最右邊，興奮心情全表現在動作上，最後幾秒，他回到舞臺中央，搭著歐陽子奇的肩，笑得燦爛。

歐陽子奇也笑了，將手回搭在他肩上。

最後三秒，穆丞海看向舞臺底下這些支持著他們的歌迷，然後他突然看見一個身影。

那是……

穆丞海竟然在正中央空拍攝影機位置的下方，看到鄭凱！

鄭凱舉起槍，指向舞臺，瞄準著他。

「三、二、一，Happy New Year！」

煙火齊放，禮炮同響，金色的彩帶瞬間飛滿全場，大家紛紛和身旁的人擁抱，互道新年快樂。

預期中的子彈沒有射出，在倒數完的那一刻，一名西裝筆挺的銀髮男子制伏鄭凱，用一個俐落的過肩摔，將他摜倒在地，動彈不得。

銀髮男子望了一眼舞臺的方向，一股渾然天成的王者氣勢從他身上散發出來，那模樣看起來不像是子奇家的保鏢。

鄭凱原本想要反擊，但在看清楚對方是誰後，竟然瞬間倉皇失措，趕緊跪地求饒。

那個銀髮男子沒有說話，兀自轉身離去，鄭凱趕緊從地上爬起，跟在銀髮男子後頭，默默走出演唱會現場。

穆丞海並不清楚那個人是誰，他只知道，大家真的安全了。

Chapter 9

鬆懈……還太早

鄭凱消失了。

沒人知道他去了哪裡，或發生什麼事，他的據點遭撤，人去樓空，所有東西都被帶走，包含犯罪證據。

MAX演唱會結束後，歐陽子奇終於不需要再硬撐，他的體力早就徹底透支，放鬆後昏倒在後臺，在連媒體都不知道的情況下，被傑克送回了聖心醫院。

等他再度醒來，已經是一天後的事了。

雖然身體沒什麼大礙，但醫生擔心傷口感染，便強迫歐陽子奇和穆丞海住院靜養。

VIP病房裡，傑克正在向歐陽子奇進行報告，這次事件全是起因於鄭凱，而鄭凱是青海會的組長，於是他們動用歐陽家的人脈與資源，對青海會進行深入調查。結果顯示，青海會雖然已漂白，但還保有黑道的傳統與實力，不過他們確實不再做一些違法勾當，像是詐賭、販賣毒品、走私黑槍之類的事，全是現在青海會會規禁止的。

鄭凱的所作所為，是偷偷瞞著青海會的高層，所以事情曝光後，青海會在鄭凱落到警方手裡之前，直接將他帶走，以會規處置，但下場如何，他們卻怎麼也查不到。

至於蔣炎勛的部分，青海會曾派人去找他，為沒有監督好會裡組長、造成他的困擾致上歉意，除了他欠下的賭債一筆勾消外，還送了兩千萬，當作精神賠償。

這次，蔣炎勛學乖了，一毛錢都不敢收，建議青海會直接把錢捐出去。

想到穆丞海對他和舅舅的幫助，蔣炎勛直接推薦青海會將錢捐贈給養育穆丞海長大的育幼院。

總之，對徐立展老師來說，整起事件算是圓滿解決了，自己的死因真相大白，蔣炎勛全身而退，演藝事業沒有受到影響，也變回他心中那個單純可愛的小外甥，他的心中再無遺憾，瀟灑與他們道別，投向天國的懷抱。

穆丞海感到非常開心，畢竟這是他遇上的鬼魂中，第一個真的升天的。

「啊，忘了說，徐立展老師稱讚我們的演唱會很精彩喔！」穆丞海口齒不清地說著。

沒辦法在慶功宴上大吃大喝，只好在病房內彌補一下遺憾，他請傑克幫他帶了許多好吃的食物來，此時嘴裡正塞滿食物。

演唱會結束後，除了睡覺休息，穆丞海就一直處於進食狀態，小楊哥為了他的身材著想，勸他少吃一點，被他以演唱會上體力消耗過多，需要好好補充熱量為由拒絕。

「徐立展老師還說，整場演唱會最棒的地方，就是你在〈華麗舞會〉的Ending Pose了，果然孺子可教也，不枉費他親自示範給你看。」穆丞海說完，咧嘴一笑，語氣調侃。

這句話就不用轉達給他知道了！歐陽子奇丟給他一記白眼。

當時是情非得已，那種動作做起來果然很丟臉，以後就算又有人鬧場，打死他也不會再做那種表演了。

「對了，醫生說要你們住院幾天，我把這次公司的企劃書帶過來給你們看一下。」說著，楊祺詳從公事包裡掏出兩本企劃書，一本交給歐陽子奇，另一本則拿給穆丞海。

「寰圖娛樂國際股份有限公司創立十週年特別企劃？」穆丞海念著企劃書封面的標題文字，一臉疑惑。

原來這間公司也有十年歷史了啊！

「是啊，今年是寰圖娛樂成立滿十週年，公司打算往新的里程碑邁進，何董想大肆慶祝一下，讓公司旗下的每位藝人也都和公司一樣，接受新的挑戰，參加一個不屬於自己專長領域的通告。」

在楊祺詳講解的同時，歐陽子奇和穆丞海也不閒著，開始翻閱企劃內容。

「像唐樂初是歌手，她的挑戰項目是伸展臺走秀；夏芙蓉是模特兒，她的挑戰是參加《我是大歌手》選秀節目。」楊祺詳繼續解說。

在聽到夏芙蓉挑戰唱歌時，穆丞海和歐陽子奇互看一眼，看來自從她在男朋友丹尼爾面前演唱過歌劇過後，唱歌好像不再是她的罩門了。

「那我們的挑戰是什麼？」穆丞海等不及地問。

計劃書裡只有寫這次活動的目的，及可以選擇的通告，但沒有針對藝人們規定挑戰項目。

「MAX是歌手，拍過廣告，也演過電影、舞臺劇，能算是挑戰項目的，大概只有主持、電視劇、走秀吧。」不過楊祺詳也還沒決定要讓MAX挑戰什麼，因此今天才來與他們討論。

「走秀小初已經選了，我們再選走秀就太無聊了。」穆丞海提出自己的看法。

「那主持如何？」楊祺詳提議。

平時都是MAX被訪問，若是換他們去訪問別的明星，應該會很有趣吧。

「主持喔，我可能會覺得扭捏，怕訪問冷場……不過，就是要有難度才算是挑戰對吧？」穆丞海看向歐陽子奇，「子奇，你覺得呢？挑戰主持如何？」

歐陽子奇對穆丞海回以微笑，卻讓穆丞海有股毛骨悚然的感覺，「我比較想挑戰電視劇。MAX接下來的專輯要半年後才會開始進行，剛好有一段空檔可以進劇組拍戲。」歐陽子奇好整以暇地把球踢回去給穆丞海，「海，你覺得呢？挑戰電視劇如何？」

可惡，明知他對演戲不在行，雖然經過豔青姐指導，已經沒有一開始那麼糟，但如果能避免，他還是想離演戲遠一點啊——

「就是要有難度才算是挑戰對吧？」歐陽子奇拿穆丞海說過的話來堵他，氣得穆丞海咬牙切齒。

「哼！演戲就演戲，誰怕誰，好歹我也是有最佳新人的獎座加持的，到時候你可別演輸我！」

「太好了！」楊祺詳拍手，「其實我也希望你們可以挑戰電視劇，因為何董在新的年度打算創立戲劇部門，自製電視連續劇，MAX的演出絕對能成為最好的宣傳。」

「欸，小楊哥，說好了只是為了慶祝公司十週年，才挑戰演個電視短劇的，你可別繼續幫我接洽演戲工作啊！」穆丞海言明在先。

「怕什麼！你不是有獎座加持嗎？不如以後就利用專輯與專輯之間的空檔，我閉關寫歌，你就多接幾檔電視劇吧。」完全就是落井下石的態度。

「子奇，你明知我一演戲就……超可惡的耶！」穆丞海掄起枕頭就要朝歐陽子奇丟去。

「我說這兩位傷患，這裡是醫院啊，別玩過頭了。」楊祺詳趕緊擋在他們中間阻止他們越玩越過火。

歐陽子奇和穆丞海在病房內嬉鬧，殊不知另一項改變他們人生的大事，在他們出院後，將要降臨在他們身上，徹底影響日後的生活。

晴朗的午後，陽光替寒冷的天氣增添一股暖意，街上來往人潮也比平時多上許多。育幼院門口，歐陽子奇將車子停好，他們說好今天要來向院長問清楚關於穆丞海的身世，但穆丞海卻突然打退堂鼓，賴在車上不肯下車。

「還是不要進去好了。」

聽到他的話，歐陽子奇看不出喜怒，只是不發一語地下了車，繞過車頭走到穆丞海的座位旁邊，幫他開了車門，拽住他的手，直接將他拖下來。

「子奇，我覺得還是再想其他辦法吧，院長上次已經把她的立場說得很明白了，我們再去煩她，一定會被轟出來，我是無所謂，但我不想害你難堪。」穆丞海拉拉雜雜說了一堆，其實只是害怕最後的一絲希望破滅，還讓歐陽子奇身陷危險。

「我們說好的，不管遇到什麼困難，共同面對。」

「可是，萬一院長還是不肯說……」

「沒有那麼多可是，不去問，怎麼知道事情真的沒有轉機？」

歐陽子奇從口袋裡掏出一樣東西，遞到穆丞海面前。

「咦？這是殷大師給我的法寶耶！我不是將它丟掉了嗎？」

那天一衝動，順勢將這東西扔了，後來冷靜下來，想起殷大師說過那個法寶很珍貴，他那麼扔了，不曉得殷大師會不會氣死？

但是當時都豁出去，超霸氣地扔掉，他也拉不下臉來去問院長法寶還在不在垃圾桶裡。

「那天我離開前，把它撿回來了。我想，總有那麼一天，你會需要用到。」

穆丞海眼眶泛淚，他就知道，子奇果然從頭到尾都沒有放棄幫他尋找親人。連院長說可能會將他扯進危險中，而且他這個當事人都說出放棄的話了，子奇仍堅持著。

這樣的好朋友，這一生絕對找不到第二個了。

一輛豪華的長型轎車停在育幼院門口，車門打開，一名西裝筆挺的男子走了下來。

穆丞海從歐陽子奇手中接過殷大師給他的法寶，或許是法寶遭到他摔過的緣故，上頭的天珠脫落，一路滾啊滾，滾到了那個西裝筆挺的男子腳邊。

男子彎腰，順手將天珠撿起。

然後，穆丞海驚訝地看見——那顆天珠發光了！

那名男子一頭銀色短髮，在陽光的照射下相當顯眼，這麼明顯的特徵，讓穆丞海立刻回想起他就是在演唱會上制伏鄭凱的人。

由於那天兩人的距離比較遠，加上男子的站姿筆挺、動作俐落，穆丞海以為對方應該跟他差不多年紀，但現在一看，對方的年紀比他原本認為的大一點，但應該沒有超過五十。

重點是，為什麼珠子在他手裡發光了？

穆丞海疑惑之際，轎車又走下來另外兩個人，其中一個像助理的男人，在銀髮男子眼神的示意下，他提著一個手提箱，往育幼院裡走去，而另外一個人穆丞海則不陌生，他大叫：「殷大師！你怎麼會在這裡？」

「我接受這位靳騰遠先生的委託，正在工作。」殷大師依舊是那副高深莫測的樣子，說話不疾不徐。

穆丞海恍然大悟，原來殷大師說要離開一陣子，就是在幫這個靳騰遠的人工作啊。

「靳騰遠……」旁邊的歐陽子奇低聲念著這個名字，表情凝重，「青海會的會長——靳騰遠？」

穆丞海沒聽清楚歐陽子奇的話，因為此刻他的注意力都被那顆發光的珠子吸引了。

「殷大師，這顆珠子……珠子、發光了！」

「真是人算不如天算啊！踏破鐵鞋無覓處，遠在天邊近在眼前。」

等等，這代表著……靳騰遠和他有血緣關係？可是……他好像不太好相處耶！

「怎麼回事？」靳騰遠不喜歡事情超出他的掌控，在穆丞海與殷大師交談到一個段落後，他問道。

一般人面對靳騰遠的質問，通常會喪失回話的勇氣，出口字句變得結結巴巴，不過殷大師畢竟是修道中人，心態自是比一般人沉穩，他見過大風大浪，修行扎實，情緒不受靳騰遠的氣勢影響，他向靳騰遠解釋起天珠的功用，也將穆丞海陰陽眼的問題一併說了。

「珠子在靳先生手裡發光，可見靳先生跟丞海有一定程度的血緣關係。丞海找親人找了好一段時間，用盡辦法皆無所獲，現在或許只有靳先生能幫助丞海闔起他的陰陽眼了，否則，他將會有生命危險。」

而且，越是接近的血緣關係，天珠就會越亮。

殷大師看著那即使在陽光底下，依舊耀眼的亮度，推測靳騰遠跟穆丞海的關係，若不是父子，也應該是兄弟。

聽完解釋，靳騰遠表情未變，一直維持著那種嚴肅又冰冷的態度。

「那又如何？」他看著穆丞海，拋下了一句話。

「我為什麼要救他？」

——《探問禁止！主唱大人祕密兼差中03》完

Side story

電視劇《靈偵探柯一男》

立稻山丘 霧隱莊園

為了慶祝寰圖娛樂國際股份有限公司創立十週年，及宣傳新創設的戲劇部門，何董挑了個懸疑推理劇打頭陣，並大手筆地撒錢，在偏僻的郊區租下一整棟都鐸式建築的古老歐洲莊園，直接實景拍攝。

今天拍攝的部分，是找出凶手破案的段落，鏡頭外，何董重金簽約的導演及拍攝團隊架滿全新高檔設備，縱使只是個三小時的迷你電視短劇，也拿出拍攝電影的規格對待。

鏡頭前，滿大廳的香水百合裝點婚宴會場，然而盛裝打扮的親友與貴賓們卻愁容滿面，被哀戚氣氛籠罩，甚至帶著害怕、恐懼與不安。

除了來參加喜宴的人之外，現場還有多名員警與鑑識人員穿梭，正努力採集跡證和管制人員進出。其中，大廳中央有一名警官，他的制服與其他員警無異，但氣質卻大大不同。他身材勻稱，個頭高挑挺拔，金色細框眼鏡將他精英的身分襯托得恰到好處。

他不慌不忙地指揮現場，使莊園內一切井然有序。

一名員警走向他，有條有理地報告調查結果。

「歐陽警官，您交代的事項，目前已有初步結果，在此向您報告——死者是一位名叫林薇娟的女性，二十五歲，也是今天這場婚宴的新娘。從屍斑觀察，推判死亡時間大約在今天下午四點到五點半之間，屍體於新娘休息室發現。」

飾演警官的歐陽子奇在自己隨身的記事本上記錄重點，他點頭再問：「發現被害者的過程？」

「第一發現的是新娘的好友張蔓蔓，她說自己大約在五點抵達莊園，想先去找新娘寒暄，祝福她結婚快樂，結果一到新娘休息室門口就聽到裡頭發出淒厲的尖叫聲，她想開門進去看看發生什麼事，但休息室的門似乎被重物壓住，門把可以轉動，卻怎麼也推不開。」

「正好這時新娘的姐姐林紫娟出現，兩人合力把門撞開後，發現死者穿著新娘禮服，躺在地上失去意識，她們趕緊叫其他人來幫忙，並且報警。」

修長手指握著筆，在記事本上快速揮動，「鑑識人員那裡目前有獲得什麼資訊嗎？」

「死者臉上、頸項、胸口處有被強酸嚴重灼蝕的現象，房間內的凌亂處主要在梳妝臺附近，其他地方的物品都很整齊。除此之外，門口附近確實有櫃子，以一般女生的力氣來說，需要兩個人用力才有辦法移動。房間內並沒有發現裝強酸的容器，因此推斷死者自殺的可能性非常小。」

他殺，歐陽子奇在筆記本上記錄。

「有問到什麼證詞嗎？」

員警拿出一張紙，交給歐陽子奇，「這是與案情相關的證詞，全都整理在這張紙上。」

歐陽子奇仔細審視起紙上文字。

張蔓蔓（死者朋友）

認為凶手是林紫娟，理由為新郎原本是林紫娟的男友，去家裡拜訪時認識死者，後來跟林紫娟分手，轉而跟死者交往並結婚。林紫娟因忌妒懷恨對妹妹痛下殺手。而且在她進不了新娘休息室、大聲呼叫時，林紫娟很快就出現，應該早就在旁邊等著。

林紫娟（死者姐姐）

因為新郎遲遲未到又聯絡不上，大家的情緒都很浮躁，所以一直待在新娘休息室裡安撫死者的情緒，直到有位莊園的服務生前來告訴她喜宴要用的桌巾數量出了問題，希望她可以一同到倉庫挑選備用的桌巾款式，她才離開新娘休息室。回來後就發現張蔓蔓在休息室門口呼救，兩個人合力將門推開，但為時已晚。

薛美玉（死者母親）

證實死者遇害前只有林紫娟一個人在新娘休息室裡陪她。關於林紫娟因忌妒殺害死者這點，薛美玉表示大女兒確實有段時間無法諒解小女兒和新郎，但後來三人已經恢復良好關係，大女兒也很祝福小女兒的婚姻，不可能會在婚禮這一刻殺害妹妹。

李玟伶（新郎母親）

新郎方所有成員本來預計今天早上才會到莊園，但昨晚十一點左右新郎突然告訴她要提早到會場準備，就駕車離開，至今音訊全無。死者被發現前，她和新郎的父親都急瘋了，想盡辦法要找到新郎。另外，昨晚新郎駕車離開時，她似乎瞥見新郎車內坐著一個女人，不確定是否看錯。

「警官，還有一點要向您報告，案發現場內，出入口只有窗戶與大門，窗戶從裡面反鎖，沒有破壞的痕跡。大門雖然沒有上鎖，卻從裡頭被擋住，但目前已排除自殺的可能性，因此還在調查凶手可能逃脫的路徑。」

也就是說，這是一樁離奇的密室殺人事件啊！修長的手指按著太陽穴。怎麼每次一到月底，當某人宣告他沒錢吃飯需要救濟時，就會有難解的命案發生，替那個人送上錢財呢？

「通知一男了嗎？」

「報告警官，已經打電話給一男先生了，但是……他說需要一點時間，等完成手邊的事情後，馬上出發。」

見員警表情怪怪的，歐陽子奇追問：「他手邊的事情是什麼？」竟然能讓視錢如命的偵探柯一男擱下賺錢的案子，到底有多重要？

「聽背景聲音，一男先生似乎正在賣場……搶購限時特價的泡麵……」員警尷尬地抓抓臉。

「……我知道了，你繼續忙吧。」

歐陽子奇對柯一男的舉止無言，然而更令他頭痛的，是現場來了一個向來和柯一男不對盤的資深警探，他急著在第一時間破案，攬下功勞，好對柯一男嗆聲，早早就在鑑識人員周圍兜晃著，想要拼湊出凶殺案的原貌。

「這麼簡單的案件，根本不需要叫那個蹩腳偵探來，我已經知道凶手是誰了。」因緊張而拔高的尖銳聲調，話語極為生硬，歐陽子奇看向被他們拱著出來挑戰演戲的經紀人楊祺詳，嘴角差點失守。

當初MAX接到劇本時，資深警探這個角色尚未確定由誰來演。導演原本也有屬意的演員，但那名演員因個人經紀約的官司，拖到戲劇快要開拍的前夕，仍遲遲無法決定接演。

最後何董靈機一動，把主意打到楊祺詳上頭。

理由很簡單，資深警探這個角色的戲份不多，主要對手戲是歐陽子奇飾演的警官、穆丞海飾演的柯一男，及公司另一位歌手飾演的林紫娟。楊祺詳早在MAX拿到劇本後，就開始幫忙歐陽子奇和穆丞海對戲，熟悉劇本，加上飾演林紫娟的演員也是寰圖娛樂的成員，在公司裡要找她對戲也容易。

楊祺詳一開始非常不願意，從來沒想過要走幕前的他，嚇都嚇死了，穆丞海見他的反應，發現終於有人演戲比他還緊張，樂得心情都開朗起來，於是加入起鬨要楊祺詳跟MAX一起接受戲劇挑戰的行列。

此刻楊祺詳會站在這裡，就是因為他拗不過眾人的轟炸，才硬著頭皮上陣，只是第一句臺詞出口，不用旁人提醒，他也知道說得很糟糕，完完全全是NG的表現，於是眼神偷偷瞄向導演，等著他喊卡。

鏡頭外的導演，手裡拿著手機講電話，且不時和周圍的人交頭接耳，似乎在討論什麼，他並未喊卡，因此攝影機也不敢停止拍攝，場內演員只好繼續演下去。

「喔？莫非楊警探已經知道凶手是誰了？」歐陽子奇把心思放回楊祺詳身上，說出自己的臺詞。

「是的，我知道了，凶手就是林紫娟！」楊祺詳凝視著林紫娟，發出得意笑聲，期待自己說出的話達到威嚇效果，讓林紫娟承認自己就是凶手。

員警們被沉默籠罩，目前確認的證據只有那麼一點，楊警探斷定林紫娟是凶手的原因到底是什麼？

「不！不是我！你憑什麼這麼說？你們這群混蛋警察！我怎麼可能去殺害我最親愛的妹妹！」林紫娟氣得大吼，歇斯底里地指著楊祺詳叫罵。

「理由很簡單。」楊祺詳信誓旦旦地朝林紫娟靠近，步伐走起來卻僵硬得像在演京劇。

然而導演還是沒喊卡，大伙兒以為是導演沒看見，但看場外包含導演跟副導演在內的工作人員，此刻全都停止交談，專注看著兩人的對手戲。

或許這種看起來不太自然、誇張又帶點荒誕的詮釋，是導演想要的風格吧。場內演員只能如此在心裡說服自己，才有辦法不去介意導演為何不喊卡，讓戲繼續進行下去。

「就是因為她是妳最親愛的妹妹，妳才會更痛恨她不顧姐妹之情，硬是搶走妳的男朋友，妳忌妒她，利用跟她在新娘休息室獨處的時間，朝她潑灑強酸，毀去她的容貌，還故意離開休息室，躲在旁邊等待，等到有人出現時才假裝不知情，一起進去救人，張蔓蔓的證詞就是最好的說明。我猜妳原本並不打算真的殺了她，只想毀去她的容貌，破壞這場婚禮，但無奈這裡離醫院太遠，當救護車趕到時，已經來不及送醫了。」

聽起來合情合理，不少賓客驚訝地看向林紫娟，眼中有責備的意味，然而被指為凶手的林紫娟及辦案經驗豐富的員警們並未被說服。

「不是的！我是真心祝福妹妹，希望她幸福！而且，我沒有故意離開休息室躲在旁邊，我會離開是因為有個服務生告訴我桌巾數量出了問題！」林紫娟為自己辯解。

「啊，這點也是謊言呢，我已經問過今天的宴會總管，桌巾根本沒出問題。」

林紫娟錯愕，「怎麼會？」

「莊園的服務生都在這裡了。」楊祺詳指著旁邊一群穿著整齊制服的人，「妳來指認一下，是哪個服務生來通知妳的？」

林紫娟的目光在那群服務生中來回梭巡，然而，任她看了幾次，卻未見前來通知她的服務生，「不可能的……竟然沒有……這真的是所有服務生嗎？一定還有人在莊園其他地方工作，沒有過來這裡吧？」

「這裡有今天上班的打卡紀錄，我核對過，所有服務生都在這裡，而且大家也都說桌巾數量從頭到尾都是正確的，根本沒有人去新娘休息室通知過妳。」

「不可能……你們誣陷我！」

就在林紫娟氣憤地為自己辯駁時，宴會廳大門被推開，負責管制進出的員警走進來，後頭跟著飾演偵探柯一男的穆丞海。

「抱歉、抱歉，我來晚了。」穆丞海快步走至歐陽子奇身旁，後者將剛才仔細記錄案情的筆記本交給他。

「哎呀，真的非常抱歉，讓你白跑這一趟，我們已經找到凶手破案，不需要你了。」楊祺詳朝穆丞海攤手，想表現出痞痞的態度，卻因為臉部肌肉僵硬而顯得不自然。

「喔？凶手是誰？」穆丞海憋住笑，正經回問。

適才他在宴會廳門外等，不知道裡頭的狀況如何，此刻看見小楊哥緊張到額頭頻冒汗的模樣，就不禁回憶起自己初拍電影《豔陽》時，連續NG四十七次的經驗。原來，演員若是演技生疏，在拍攝現場其他人眼裡看起來是這樣啊！

「凶手就是新娘的姐姐林紫娟！」資深警探毫不遲疑，再次宣告。

「可是新娘說，殺害她的人，並不是她的姐姐耶。」

「又要開始裝神弄鬼，說些奇怪的話了。」楊祺詳翻了翻白眼，想演出「又來了」的表情，但是看起來更像身體不適，臉色蒼白到翻完白眼就要暈過去。

這次導演終於發現楊祺詳的詮釋有問題，張嘴正要喊卡，卻被穆丞海流暢的舉動吸引，找不到切入的時機點。

「OK，接下來，讓我們聽聽『被害人』的證詞吧！」

只見穆丞海毫不猶豫地往宴會廳的舞臺方向走去，他的目標是舞臺中央一個點綴著各種粉色系花朵的鑄鐵古典鞦韆，飾演林薇娟的演員，穿著純白色的新娘禮服坐在鞦韆上，如瀑布般的婚紗隨著鞦韆輕晃，夢幻得像童話故事裡才會有的場景。

新娘從臉到頸項畫著被強酸腐蝕的驚悚妝容，與背景對照後益發顯得恐怖，她的眼神憂鬱，不再完整的唇形微張，急欲將真相告訴大家，然而她已經坐在鞦韆上許久，卻沒人看得到她，直到這個男人出現。

「害死我的不是姐姐，是張蔓蔓！」這起凶殺案的死者林薇娟，親口向柯一男控訴好友張蔓蔓就是凶手。

「你說凶手是張蔓蔓？」穆丞海複誦著林薇娟的話。

林薇娟點頭。

那個鞦韆，是宴會開始後，要讓新娘坐上去，聆聽新郎誓言的地方，但此刻新娘被殺，新郎失蹤，在眾人眼中，鞦韆上根本沒有人，柯一男突然說出凶手是張蔓蔓，賓客全當他是神經病，胡言亂語。

員警們就不同了，這個與歐陽警官私交甚好的偵探柯一男，可是破過許多艱難的案子，而且他用的方式不是什麼科學證據，全都是直接詢問「被害者」本人。一開始他們的反應也像其他人一樣，以為他只是剛好矇中，然而每個破案的結果都顯示柯一男似乎真的可以與被害者交談。

「你亂說！」突然被指為凶手，張蔓蔓也像林紫娟一樣，立刻反駁。

穆丞海沒有搭理她，逕自面對著空蕩蕩的鞦韆，一會兒問話，一會兒停頓，似乎真的在和被害者交談，看得賓客們毛骨悚然。

半晌，柯一男轉身面對人群，先還給林紫娟清白，「被害者說，她和姐姐在休息室裡聊天時，確實有個莊園裡的服務生來敲門，希望林紫娟與她一同前往倉庫，挑選備用桌巾，林紫娟並沒有說謊。」

「可是服務生們都說沒這件事。」楊祺詳搶先提出質疑。

「因為那位服務生並非真的服務生，是張蔓蔓刻意請來，要支開林紫娟好方便下手。」柯一男解釋。

「我和薇娟是好朋友，為什麼要這麼做？」張蔓蔓確實就是凶手，但她認為自己的計畫天衣無縫，就算這個奇怪的偵探誤打誤撞猜到凶手是她，也不可能找出證據。

「來，說說看是怎麼回事。」從頭到尾冷靜地觀看事情發展的歐陽警官，知道柯一男應該已經問出結果。

「好。」柯一男先看向張蔓蔓，「所以啊，凶手真的都很奇怪呢！犯案前總要把自己的動機鉅細靡遺地說給被害者聽才甘願，可能是想反正被害者死了，自然無法將死前聽到的話說出去，可是呢，死者是真的會說話的。」

看柯一男說成這樣，張蔓蔓臉色一陣青一陣白，儘管這番言論是如此荒謬，不知為何，她卻不敢大聲反駁。

「被害者說，林紫娟離開後，張蔓蔓立刻進到休息室，假借耳環掉到櫃子底下撿不到，要被害者幫她一起搬移櫃子，但其實移動後的櫃子並沒有擋死房門，人還是可以進出的。」柯一男說著，轉頭向歐陽警官說明，「林紫娟跟張蔓蔓必須兩個人才能把門撞開的原因，並不是因為櫃子擋住，而是張蔓蔓偷偷用力拉住門把，給林紫娟造成的錯覺。把房間營造成密室，是為了讓員警以為林薇娟是自殺，只是後來警方找不到裝強酸的容器，判定是他殺，張蔓蔓才改變心意，嫁禍給林紫娟。」

張蔓蔓拚命搖頭，「不、不對，我是薇娟的好友，我沒有理由害她啊！」

「理由……」柯一男，「妳不是告訴死者了嗎？新郎和林薇娟交往後，同時劈腿和妳交往，而且妳還懷了新郎的孩子，新郎卻沒有選擇妳，反而決定和林薇娟結婚，要妳拿掉孩子。妳忌妒林薇娟之下，昨晚去了新郎家威脅新郎，將他囚禁起來，不讓他來會場，又帶著強酸來這裡對林薇娟痛下毒手。」

「這是真的嗎？」新郎的母親腿一軟，不敢置信。

張蔓蔓並沒有正面會應她，然而她的表情已經說明一切，「不可能，你怎麼能知道得這麼清楚，就好像你在現場，目睹一切經過……」她全身無力，癱坐在地。

「對了，忘記先自我介紹，你們好，我姓柯，叫一男，是一名『靈』偵探。」

由導演帶頭，鏡頭外響起掌聲，宣告今天的戲份拍攝完畢，可以收工了。

穆丞海和歐陽子奇並肩走回休息室，準備換下劇中的服裝。

「呼——」穆丞海長吁了一口氣，伸著懶腰，跟歐陽子奇閒聊起來，「還好這個『靈偵探』只存在戲劇跟小說裡，現實生活中沒有這個職業。」

「這樣善用『陰陽眼』不是很好嗎?警察辛苦才能查到的真相，『靈偵探』只要講個話，直接詢問被害人經過就行了，省時省力。」

「才不好咧！要真的是在命案現場，躲都來不及了，怎麼可能還去詢問被害者是怎麼死的！」若非剛剛坐在鞦韆上的新娘是演員裝扮的，否則他早就被那恐怖的模樣嚇跑。

「這是過來人的經驗談？」歐陽子奇調侃，當事人是嚇得皮皮挫，但他這旁觀者卻看得挺有趣。

穆丞海白了歐陽子奇一眼。

「不過，你的演技怎麼突然變得這麼好？簡直是大突破，對話竟然可以這麼自然，就好像真的有……」歐陽子奇突然打住，耐人尋味的眼神望著穆丞海，「難道……」

「難道什麼？」穆丞海疑惑。

剛才拍攝的宴會廳內，工作人員還在收拾場地，導演與其他演員們閒聊。

「天啊！竟然發生了這麼可怕的事！我邊演才邊疑惑，這段劇情林薇娟該出現坐到鞦韆上啦，怎麼演員遲遲未出現，原來是路上出車禍了。」飾演張蔓蔓的演員撫著自己胸口，替劇組同仁擔心著，「那她還好嗎？嚴不嚴重？」

導演嘆了口氣，「不怎麼好，那個演員很敬業，因為上一個通告拖延到時間，又怕讓大家等太久，在褓母車上就已經弄好妝髮造型，也換上戲服。結果因為車速過快，走山路時打滑，整輛車墜入谷裡，聽說到院前幾度停止呼吸心跳又救回來，狀況不穩定。」

在場的人不禁替那名演員擔憂，紛紛祈禱她能沒事，順利康復。

等大家心情平復一些後，導演接著道：「話說回來，接到消息時，我還擔心得不知道怎麼辦才好，想說不然先拍到柯一男要走去詢問被害者的部分就好，沒想到穆丞海竟然有辦法對著空氣演戲，又演得如此自然，好像林薇娟就坐在上面跟他交談一樣。」

「是啊，穆丞海的演技真的好厲害喔，不愧是有獎項加持的演員。」其他演員紛紛讚嘆。

「這樣也好，省去了重拍的工作，只要再找個演員替演林薇娟的部分，補個畫面剪接上就好。」這對導演來說，算是不幸中的大幸。

「導演。」製作人拿著手機，朝導演跑來。

「什麼事？」見製作人的臉色不對，導演心生不妙。

「飾演林薇娟的演員——過世了。」

休息室裡，穆丞海繼續追問歐陽子奇剛剛說的「難道」是什麼意思，但歐陽子奇就是不肯說，兩個人私下打鬧了半天，直到休息室傳來敲門聲，兩人才前去開門。

是飾演林薇娟的演員。

「丞海，謝謝你，我準備這場戲很久了，很高興最後能把它演完，如此我便沒有遺憾了。」除了腐蝕的特殊妝容之外，林薇娟的白紗上又多了些血跡，仔細一看，她站立的姿勢也怪怪的。

「這沒什麼，妳也演得很好，若不是有妳，我也無法演得這麼自然。」穆丞海看著她那身慘不忍睹的白紗，皺眉，「妳快去把服裝換下吧，自己的衣服至少穿起來舒服些。」

「謝謝你的關心。」林薇娟說完，朝穆丞海鞠了一個躬之後，轉身離去，然而她並沒有規矩地走在走道上，而是穿過牆壁，消失了。

穆丞海的頓時臉色鐵青，「子……子奇……我問你……林薇娟她……她……」

顫抖著轉過身，就見歐陽子奇手裡拿著手機，剛通完電話。

「飾演林薇娟的演員，在趕往莊園的途中出了車禍，不久前在醫院過世了。」

「那……剛才……」

原來他整場戲裡，真的在跟死者問案……

太震驚了！穆丞海受不住地白眼一翻，瞬間昏死過去。

——番外〈靈偵探柯一男〉完

高寶書版集團
gobooks.com.tw

輕世代 FW262
探問禁止！主唱大人祕密兼差中03

作　　者　尉遲小律
繪　　者　ひのた
編　　輯　林思妤
校　　對　任芸慧
美術編輯　彭裕芳
排　　版　彭立瑋

發 行 人　朱凱蕾
出　　版　英屬維京群島商高寶國際有限公司臺灣分公司
　　　　　Global Group Holdings, Ltd.
地　　址　臺北市內湖區洲子街88號3樓
網　　址　www.gobooks.com.tw
電　　話　(02) 27992788
電　　郵　readers@gobooks.com.tw（讀者服務部）
　　　　　pr@gobooks.com.tw（公關諮詢部）
傳　　真　出版部　(02) 27990909　行銷部 (02) 27993088
郵政劃撥　19394552
戶　　名　英屬維京群島商高寶國際有限公司臺灣分公司
發　　行　希代多媒體書版股份有限公司/Printed in Taiwan
初版日期　2018年4月

國家圖書館出版品預行編目(CIP)資料

探問禁止！主唱大人祕密兼差中/尉遲小律著.-- 初版. -- 臺北市：高寶國際, 2018.04-
冊；　公分. --

ISBN 978-986-361-490-6(第3冊：平裝)

857.7　　106011697

三日月書版

三日月書版

GOBOOKS & SITAK GROUP ©